U0677566

饌®
工广

花底淤青 著

亦诗 亦剑 亦飘零

唐诗绝响

中国
友谊出版
公司

图书在版编目（ＣＩＰ）数据

亦诗　亦剑　亦飘零：唐诗绝响 ／ 花底淤青著. ——
北京 ：中国友谊出版公司，2022.4
　　ISBN 978-7-5057-5431-7

　　Ⅰ．①亦… Ⅱ．①花… Ⅲ．①唐诗－诗歌欣赏 Ⅳ.
①I207.227.42

中国版本图书馆CIP数据核字(2022)第035372号

书名	亦诗　亦剑　亦飘零：唐诗绝响
作者	花底淤青
出版	中国友谊出版公司
发行	中国友谊出版公司
经销	新华书店
印刷	天津丰富彩艺印刷有限公司
规格	880×1230毫米　32开
	8.5印张　188千字
版次	2022年8月第1版
印次	2022年8月第1次印刷
书号	ISBN 978-7-5057-5431-7
定价	45.00元
地址	北京市朝阳区西坝河南里17号楼
邮编	100028
电话	（010）64678009

版权所有，翻版必究
如发现印装质量问题，可联系调换
　　电话　（010）59799930-601

目录

第三卷
中唐·动荡

前言

有人说，唐诗是山顶。

不，唐诗就是那座山，盛唐才是山顶。

唐诗文脉，绝对属于中华历史发展中最高等级的文化潜流和审美潜流。在唐朝（618—907 年）约 300 年的历程里，共诞生了 2 000 多位诗人，诗出 50 000 多首，一群灵气活跃的唐人，把古典诗歌的艺术推到空前绝后的高度。

中国是诗的国度。

唐诗在中国人心中，以“喜欢”形容似有不足，论“习惯”倒更妥帖。鲜有不读唐诗的人吧，从绿水红掌鹅鹅鹅，到低头思乡白月霜，诗风穿肠，徘徊于唐，既烟火，又孤洁。

岁月更迭，跋涉千年，你我不就这样从激涌的唐诗文脉中走过来吗？

“红豆生南国，春来发几枝”，采相思，数不尽。

“绿蚁新醅酒，红泥小火炉”，风雪至，更一杯。

阳春白雪，一代唐人清丽工细的风流情趣。

“英雄一去豪华尽，惟有青山似洛中”，血水里滚滚。

“六朝文物草连空，天淡云闲今古同”，泪水里蹚蹚。

旷古绝伦，一代唐人幽冷奇峭的沧桑落寞。

唐朝诗人以一种沸腾的气场，创造出一个令人目眩的世界，让我们浩如烟海的一生，都在唐诗里找到了归宿。

香衣丽影，兴之所作，一经传颂，万古流芳。"五陵年少金市东，银鞍白马度春风。落花踏尽游何处，笑入胡姬酒肆中"，古人情厚，用字却简。短短四句，把盛唐的整个气象都道尽了，又古朴，又耐久，朝朝暮暮间成就了中国文人和中国文化的底色。

我见唐诗，真如薄晨中的日出，是隐形的精神，枯木亦将逢春。

大唐把诗意的河道挖凿得太深了，作为历史上难能可贵的艺术明珠，与时光交融在一起，在诗与史的交界处，流淌出清亮、厚重、琉璃色彩的光芒。但为什么是唐朝？为什么唐朝诗人，能有这样得天独厚的好运和福气？

观唐史，诗如星火，与天地同谋。

以经济开先河，以民族融合为辅，以兼容思想超前，容儒释道三教并存，加之为政治统治而生的科举制度等手段，方知种因得果，黄金时代促使诗坛群星辉映，繁荣、开明、多元，成就了后无来者的大唐风韵。

庙堂之内，皆通音律文字；庙堂之外，亦晓寓意渊源。太白桀骜飘逸，"绣口一吐，就半个盛唐"；子美悲悯仁爱，笔下流淌隐晦的温柔；长吉诡谲多变，描摹亦正亦邪鬼神境界；晚唐短暂易碎，义山亦端雅盛唱"夕阳无限好，只是近黄昏"……

诗者，志也。笔笔情深。

鲁迅说："我以为一切好诗，到唐朝已被做完，此后倘非翻出如来掌心之'齐天大圣'，大可不必再动手了。"可见，唐诗以极高的文学维度，允许普罗大众摘嗅其香，已幸运之至。

唐诗还是有脾气的。盛也倔强，败也倔强，正是如此，才得以写就汪洋恣肆、齿颊留香的诗章。得意够轻狂，失意够畅快，人间真情味，就连中晚唐的动荡态势出现了，也只像是"虎落平阳"。

这种脾气，在近处很难发现。从远处瞻望，一条条倔强的山脊连成了天际线，我们方才擦亮眼睛，点亮记忆，慨叹呼唤："看，大唐！"

莽莽原野，倔强的大唐已经活得像河流一样深情，换了人间。它就跟万物一起"冬藏"，越活越平静、辽阔、深厚。

诗仍是流动的，没有停止；笔尖的雀跃也是真实的，人与诗仿佛天作之合。

世间最美的风景，就是真的存在那么一群人，透露着敏锐的感知与清醒的悲喜，把烟火中的美与趣、情与愁皆蕴藏于一字一句间，引人遐思。后人亲启，则梦回大唐，惊天动地的智慧与诗意都将复苏。

一卷大唐一帘梦，一道不可亵渎的白月光。

每一个人，每一首诗，都是一个传奇，一段故事。

在唐诗里，可以享有两种现实，一种是当即感受到的艺术表象，另一种是隐藏在文人身后半风化的故事。从辉煌到消亡，他的生平，他的时代，他的心潮夹着氤氲湿气向你倾诉的声音。

听……

在万物冬藏之中，诗意脉脉生长出来。语尽而意不尽，意尽而情不尽。

凡有中国人的地方，唐诗无处不在。

第一卷

初唐·风貌

李世民：千古一帝的用人之道

赐萧瑀

疾风知劲草，板荡识诚臣。

勇夫安识义，智者必怀仁。

赐，皇帝才有"赐"字一说。

《赐萧瑀》是唐太宗李世民的手笔。对于他，后人一直褒贬纷纭，不奇怪，只能说——时势造英雄，英雄亦适时。最是无情帝王家。帝王家，一泓深不可测的潭水，如果你撒下一张网，打捞起的，极可能是"冻云宵遍岭"的广袤寒意。

在古代，赐贤臣忠良诗，如赐免死金牌。那么，李世民为何赐诗？萧瑀，又是谁？

讲起此事，少不了回顾武德九年，玄武门的一场大变。

七月流火，巍峨皇城已经老得不成样子，一声兵戈，挟卷箭束，化作冷叹，直逼太极宫的檐角。肇秋的风由北面刮来，此前溽暑蒸人所掩盖掉的政变气息，现在都悬在一杆利箭上。

李世民擒鞭开弓，玄武石砖，马蹄踏破，社稷江山，如在掌握。

马背颠簸，望过去，还有夹击他的人。使之腹背受敌的，正是他的两个手足兄弟，太子李建成和齐王李元吉。然而有趣的事发生了，李建成的箭射歪了，李世民的箭倒是正中对方心口，李元吉则直接被吓跑了。

在长安的第二十八年，李世民终于履着野兽的爪痕，登上皇太子位。

不到两个月，李渊禅让皇位，次年，贞观之治开启。盛唐的繁荣画卷就这样在李世民的手中微露锋锷。但浸润鲜血的手，真的能承载起天下百姓的希望吗？

十六岁，他率五千轻兵，营救隋炀帝，以《孙子兵法》中"不战而屈人之兵"为略，巧妙利用敌众我寡的态势，昼夜不眠，佯装进攻，成功吓退突厥十万大军，解雁门之围。赢得轻松？不，史书曾写"控弦百万，戎狄炽强，古未有也"，说的就是唐朝面临的异常强盛的突厥部落。

二十二岁，虎牢关之战，他又以三千玄甲军大溃王世充、窦建德十万联军，生擒两王！"自古能军无出李世民之右者，其次则朱元璋"，兵法之于李世民，一点就破，一参就透，这样出色的才干，已经是海阔天空。唐军中还诞生了一首歌，《秦王破阵乐》：

受律辞元首，相将讨叛臣。

咸歌破阵乐，共赏太平人。

诚如他的名字一样，李世民是在顺应世间的民心，顺了民心，才有李唐天下。

现在，二十八岁的李世民已经不爱孤勇了。高月悬空，酒水清黄，他想起许多半明半晦的往事。背负的越多，越要谨慎，他怕一手打下的大唐帝国的阴影里，存在看不见的瓦解蚕食。

山河枯荣几度，江水奔流不复。李世民看着身边长孙无忌、房玄龄、魏征这些人，各个忠良，但他不敢信。借一次设宴之机，他冷不防试探："自认为是宾客当中最尊贵的人，就请先喝酒吧。"

众臣僵滞，心思惴惴地凝视着案牍边尖锐的烛苗，火在跳跃，如针倒悬。

局面尴尬，谁不晓得眼前这位皇帝，既是举世无双的军政天才，也是手足相残的皇家代表，其狠辣并非不可理解，却也无法忽视。若无人举杯，等于默认在座之宾愚畏皇权，预示朝堂之上再无忠言敢谏，疏离统治者只能招致祸患。

若有人举杯，又是谁？谁敢在这节骨眼要轻狂！

其实，李世民也在害怕。他通晓谋略，深知"巨川思欲济，终以寄舟航"君臣鱼水的道理，唯恐没有忠肝之臣。

"当啷！"突然，一声斟酒打破空寂，一连串的笑声随之响起："臣乃是梁朝天子儿，隋朝皇后弟，尚书左仆射，天子亲家翁。"这人说完就举杯一饮而尽，擦擦嘴，仿佛无事发生。

李世民一看，这人正是萧瑀。

萧瑀是谁？他说自己是前朝梁明帝的儿子、隋朝皇后萧氏的亲弟，跟当今天子还是亲家呢。乍一听，容易发笑，世上哪有如此厚颜吹嘘身世之人？细一想，这话却最适合解"羊入虎口"之围。

臣子们忍俊不禁，李世民大笑，将一首《赐萧瑀》脱口而出："疾风知劲草，板荡识诚臣。勇夫安识义，智者必怀仁！"诗中充满愤慨。

浮生中，大唐稳了。

风大了，才看见劲草毅然不倒；局势动荡了，才辨别出忠诚的臣子。那些匹夫只知道鲁莽，哪里了解什么是真正的"义"？知道"义"的人一定怀有仁德之心。

"疾风"喻指忠诚者，引用的是汉光武帝刘秀赞誉王霸的名言。此话一出，就将萧瑀划入忠臣的行列，甚至在一定程度上将其视为知己。看似赐诗，实际上，赐的是一块"免死金牌"。

李世民如此褒奖萧瑀，当然不是因为今晚的一杯解围酒。

时间流转，幸毋相忘。

早在登帝之前，萧瑀就出现在他的视野里了。

少年勃发时，李建成联合李元吉屡次三番向唐高祖李渊谗言，几欲诬陷李世民。李世民空有一身超强的战略才干，却亲情匮乏，只能忍气吞声，输在感情的洪流里。秋风瑟瑟时，是萧瑀力排众议，以一己之力替他挽回局面。他和萧瑀本没有交情，这次相助，唯仗义耳。

玄武门之变后，唐高祖李渊主动让位并非易事，好在萧瑀相助，劝服了李渊。要知道，皇位空悬一日，悬念加厚一尺。李世民虽贵为千古明君，能与光武帝刘秀相提并论，却也洗不清弑兄的恶名，萧瑀算是帮他搬走横躺在路中的最后一块巨石。

聪明人与聪明人之间，难免惺惺相惜。

自古多少皇帝，而被称为天下共主"天可汗"的就李世民一人。说萧瑀忠直，不如说他眼光好，这阵疾风，吹到了正确的地方。

李世民知道，萧瑀是个有智慧的人，即便某些时候，他显得太过刚直、气量狭隘，还常常遭人贬低。但萧瑀贵为三朝皇亲，如果继续炫耀锋芒，未免有些不妥。秉持简单的性格，何尝不是一种"藏巧于拙"的妙法呢？

推仁天下，盛唐开局，幸而有萧瑀这样的人守护身畔，将开朗与睿智灌注到胸襟，恰到好处地保留着踏实坚韧的精神高地，那个少年才得以神情朗然，纵横驰骋。

大唐，总算让李世民温暖了一回。

诗人小传

李世民（598—649 年），唐朝第二位皇帝，尊号"天可汗"，政治家、战略家、军事家、诗人。武德九年（626 年），爆发"玄武门之变"。李世民与太子李建成、齐王李元吉手足相残，胜利后被立为皇太子，同年即皇帝位，年号"贞观"。由他开创的"贞观之治"，为盛唐的"开元盛世"奠定了基础。

王绩：大唐第一"酒鬼"

赠程处士

百年长扰扰，万事悉悠悠。

日光随意落，河水任情流。

礼乐囚姬旦，诗书缚孔丘。

不如高枕枕，时取醉消愁。

曾有一酒鬼狂言："周公和孔子，只不过是被诗书礼节捆缚住的人，没趣极了，不如跟我一样醉酒消愁，高枕无忧！"

除了狂放，这个酒鬼也有幽默的一面。他创作《五斗先生传》，自诩一天能饮酒五斗。倘若你请他喝酒，无论身份贵贱他都会前往。浮一大白，醉不择寝，歇宿在暮色石边，或睡醒在青草榻上，低枕着无边的桂酒椒浆漫度时光。

就连大唐的襟袂也被这酒鬼一马当先沾染酒气，自隋朝半酣，在唐朝轰醉。

纵观他跌宕的一生，都与酒息息相关。

隋朝开皇十年（590 年），乱世之期，古绛州龙门县一王府诞下了一名男婴，取名王绩——家族的厚望都凝结于"绩"字当中。

十五年后，王绩背上行囊，决心离开书香名邸，前往长安。

几经周折，王绩在长安拜访的第一位名人，是隋朝第一名将，也是第一奸臣的杨素。座上，杨素非常轻视他，而王绩初生牛犊，顺势找到磨犄角的好去处。他怂恿："当年周公为了迎接宾客，吃饭到一半就停下，沐浴到一半就手握湿发出来，你想保有荣华富贵，就不该怠慢天下之士！"

杨素颇为惊愕，吊起一只眼觑他，又追问了一些话，结果王绩气宇轩昂，对答如流，弱冠击败群公，被视为"神仙童子"。

自此，王绩名声大噪却时常失魂落魄，扪心自问：当朝宰相，不过尔尔，看似丰功伟业之人却都潜藏于琐碎庸碌，长安有什么金贵？人生不过如此，宇宙洪荒，日月变迁，又岂因圣人的功绩暂缓推衍迭代？

长安一夜，无梦。

驿道边，一个少年啜饮着烫舌的酒，忘我地消遣，在酩酊大醉中吞吐出一小块人间。思想在月光下茂密，一如老皱藤蔓攀缠心灵，他再也看不到自己那张红润的少年脸，反思以求解脱。

王绩对生命中"绩"的期待突然黯灭，一种野蛮的、无拘束的生命力舒张开来。他取字"无功"，"王无功"，从名字开始，坦荡地表达对功利世界的厌恶。

一只脚在隋末，一只脚在初唐，酒鬼的故事这才拉开帷幕。

隋朝末年，骄奢淫逸的隋炀帝登上历史舞台。同时，王无功因为清正廉洁被授予官位。但这颇具讽刺意味的场面没有维系多久，他请求降职，回到地方做了个小官。此后每天喝酒，不事政务，很快就被人弹劾了。

这是他第一次卸官隐退，"置酒烧枯叶，披书坐落花"，下半生的酒气也开始徐徐散发。

王无功还有几个兄弟。大哥王度是史学家，《隋史》由他起笔，曾为朝廷进献《太平十二策》；二哥王通是教育家，他的学生有青史留名的魏征、房玄龄、李靖等；弟弟王静相较有些普通，但好歹是皇家的带刀侍卫。所以这样鼎盛的家族，断然不会允许游荡散漫的王无功整日喝酒度日。因此，即便是有了政治污点的王无功，到了唐朝武德初年，还是被安排做了官，王氏家族在其中发挥了不可或缺的杠杆作用。

王无功对此谈不上喜欢，却也不排斥。初唐百废待兴，风气康健，一改隋末凌虐苛索的民生景况，还算太平。弟弟问他，重新当官快乐吗？他捧着酒壶，微笑道："每天供给的三升官酒使人留恋啊。"

浮华褪去，喉间酒香才是难得的真味，足悦人心。

"斗酒学士"的名声很快传开了，然而好景不长，王无功在贞观初年又罢官了，理由是生病。此病药石无医，五味难调，但只要他想，随时都能自医自愈，这是一场"心病"。

在王无功眼里，当时的社会情势又流露出衰败的迹象，为争逐政绩伤脑筋，如同追逐竹篮打水的泡影。他秉持更偏向庄子"无为而治"的思想，顺应时势，这场"病"便萌生了。

与其他追求仕途的诗人不同的是，王无功一心想从围城中走出来。他的一首《在京思故园见乡人问》将浓浓乡情表达得淋漓尽致：

旅泊多年岁，老去不知回。

忽逢门前客，道发故乡来。

敛眉俱握手，破涕共衔杯。

殷勤访朋旧，屈曲问童孩。

衰宗多弟侄，若个赏池台。

旧园今在否，新树也应栽。

柳行疏密布，茅斋宽窄裁。

经移何处竹，别种几株梅。

渠当无绝水，石计总生苔。

院果谁先熟，林花那后开。

羁心只欲问，为报不须猜。

行当驱下泽，去剪故园莱。

他对乡野的情怀大于仕途，对隐逸的兴趣远胜功绩。

岁岁长如此，方知轻世华。与酒为伴，以醉为友，超脱名利的牵绊，忘却尘世的纷扰，方能安顿他孤独又丰盛的灵魂。

后来，王无功又一次复出做官，这一回倒是他主动提出来的。

什么让他性情大变？离不开酒。

王无功寻着酒香再度为官，自求担任太乐丞，只为饮一口太乐署吏焦革的酒。

焦革很会酿酒，酒香不怕巷子深。"玉壶横日月，金阙断烟霞"，拾花放案头，鲈鱼与美酒，在太乐署的那几年，可能是王无功一生中最快乐的几年。

可惜焦革死得早，供酒的人不在了，留恋官职还有什么意思？悲伤过后，王无功辞官归隐，特别编撰出《酒经》《酒谱》以祭焦革，慰藉后世。

无边醉梦周而复始，他顽桀的一生基本上到此为止。

空虚延宕，悲愁也曾来访，年迈的他在《自撰墓志铭》中呼道："有道于己，无功于时。"一个酒鬼无法摆脱不得志的惆怅，也找不到跳出人世间的方法，但有道行于自己，还不足够吗？磊落可见一斑。

山中无岁月，五十年逍遥酒香间。

这个本该前程似锦的年轻人经历了三仕三隐，终于繁华看尽，跳进山林，做了个"但令千日醉，何惜两三春"的潇洒酒鬼。

古怪的是，他尚且不是一个纯粹的酒鬼。

在王无功之前，一种叫"齐梁余风"的文风占据了隋唐的半边天，空洞无味，没有思想。年轻的他决意写诗，写更好的诗！饱饮苍劲老辣的酒，写下不事雕琢的诗，遒健的章法里既非幽篁抚琴的高旷，也非烟寺晚钟的清寂，独有酒气，超逸旷达，一种止静的辽阔与自愈，成为王无功精神世界的奇特写照。

再后来，无官无爵的王无功把酒研墨，在半醒中梦呓了一首《野望》，那句"相顾无相识，长歌怀采薇"耳熟能详，也使他成为五言律诗的奠基者。

律诗要求字数、行数、对仗、平仄都丝毫不差，推崇这种严谨诗体的人，当真会是一个彻头彻尾的酒鬼吗？

《庄子》中言：神人无功，圣人无名。去除束缚，达到生命某种终极的境界，正是他"无功"的来源。

"百年长扰扰，万事悉悠悠。"望穿群雄，逐鹿之外，他倦了战争、富贵、丰功、名望……将自己钝成磨刀石，只留给世间一种固执的内野，归去来兮。

为了遥远的清平。

不如你我也举一樽酒，惜一樽空。

诗人小传

　　王绩（约590—644年），字无功，绛州龙门人。性格率真，酷爱饮酒，喜魏晋之风，别名"斗酒学士"，作品有《五斗先生传》《酒经》《酒谱》等，被后世尊为五言律诗的奠基人，有扭转"齐梁余风"的功绩，在中国诗歌史上占据重要地位。

虞世南：不会书法的政治家不是好诗人

蝉

垂緌饮清露，流响出疏桐。

居高声自远，非是藉秋风。

是否捕过蝉，见过蝉的出生吗？

挑剔的母蝉会拣一小截最嫩的枝，刺上密密麻麻的孔洞使蝉卵得以偷生，再突袭枝的下段，刺破树皮，让这截树枝一日日地渐渐枯死。直至风一吹，枯枝落向地面，寄生的幼蝉钻土求生，不见光明。待满三四年或长达十几年，最终破土而出，金蝉脱壳。

虞世南就像一只蝉，蛰伏廿余载，举翅青云间。

前三十年，他栖在陈朝这根嫩枝上。

陈朝初年，天下清明。虞世南从小就拜了文学大家顾野王为师，工诗文，习书法，学到紧要关头，好几天都不曾梳洗打扮。身在门阀贵族世家，像他这般十年如一日勤学的，尤为少见。

除了顾野王，虞世南还有一位书法老师——王羲之第七世孙，智永禅师。

智永禅师的书法得"天质自然，丰神盖代""飘若游云，矫若惊龙"的王羲之嫡传，而虞世南经由智永禅师指点，也将"二王"一脉相承。相传，他以手代笔在床上描摹，硬是划烂了好几床被褥，光是练废的毛笔就装满了一大缸。

童年的作用是无限的。十几岁的年纪，正是发奋努力之期，这个时期的虞世南，亟待一种"指道"的力量牵引他，而书法使他从感性到理性，从寻求视觉传达到探索传统文化、美学精神甚至生命哲理，其深邃精妙恰好给虞世南提供了打开精神之门的契机。

但陈末战乱，正是需要武将保家卫国之时。虞世南的书法不如刀枪剑戟，派不上什么用场，也就没有被当时的人重视。

再后来，隋朝带来的一场霹雳暴雨，将陈朝这根枯枝打落，新的统治者接踵而来。

当时，隋炀帝荒诞无稽，虞世南外柔内刚，秉性不同就注定了他们无法和谐共处。但是，虞世南的哥哥虞世基性格恰恰相反，他贪慕富贵，游刃官场，屡次蒙蔽皇帝，火上浇油，后来成了臭名昭著的奸臣。

手足兄弟，师出同门，一边荣华富贵，一边因志致穷，差别如隔天堑。

虞世南虽然过得很清贫，却仍在继续修行。他沉静寡欲，精思读书，短暂地忘却了世间纷争，渐渐蓄起白髯，书法也炉火纯青，敛气凝心，自成"虞体"。《宣和书谱》评论："虞则内含刚柔，欧则外露筋骨，君子藏器，以虞为优。"

而后约四十年的时光里，他将自己深埋于隋朝这块土壤下，确如"君子藏器"。

与书法结缘的虞世南，一生都与书法有着深厚感情，犹如武者爱名剑，乐者爱好琴，《书断》称其"得大令（王献之）之宏规，含五方之正色。姿荣秀出，智勇在焉。秀岭危峰，处处间起。行草之际，尤所偏工。及其暮齿，加以遒逸"。在无边际的孤独生涯里，他端正了胸襟，滋育出慧眼，获得了重要的人生经验。

另外，他在《咏萤》里，也曾短暂倾诉过孤独。

的历流光小，飘飖弱翅轻。

恐畏无人识，独自暗中明。

好在古稀之年，他终于看见土壤的裂隙，寻着光，飞入大唐。

书法不但能陶冶情操，还能改变命运——虞世南见到了唐太宗李世民，可谓晚遇明主。

李世民颇为欣赏王羲之的书法，爱好收藏名家真迹，推行以文治国……这一切直戳到读书人心窝子上，对虞世南来说，大唐真是他一生中"当路谁相假，知音世所稀"的罕见光明。

自此，虞世南走入朝廷，担任秦王府参军、记室参军、弘文馆学士，与房玄龄等名臣共掌文翰，成为"十八学士"之一，大器晚成。

虞世南为人低调，观其一生，所留不多，但史料中留下的几件小事，足以将他璀璨的意志衬如明珠。

有一日，李世民故意作了一首"齐梁余风"的宫体诗，让虞世南唱和。虞世南听完，非常严肃："这首诗不雅正，若您喜欢这种粉饰太平的诗体，百姓只会加倍趋向您的爱好，我怕这首诗传出去天下风靡，不敢遵旨唱和。"李世民看着他那股较真劲，大笑起来，像一个计谋得逞的顽童："我试探试探你而已！"

另有一日，李世民曾打算写一扇《列女传》的屏风，手边恰好没有《列女传》的底稿，虞世南在一旁把全篇默写了出来，一字不错。他的严谨专攻，让在场所有人无不叹服。

后来只要谈起他，李世民一定要赞其"五绝"：一曰德行，二曰忠直，三曰博学，四曰文词，五曰书翰。

蝉饮清露，歌如潮水，是大唐的精灵。

然而，留给蝉引吭高歌的时间已经不多。

贞观十二年，虞世南八十一岁，在长安逝世。

之后，李世民曾梦见他，一张沉静肃穆的脸上，依然满是忠直，音容笑貌，历历在目。李世民醒后，想起两人共赏书法的景象，十分痛慨："世南死后，无人可以论书。"说完，命人将虞世南的画像挂入凌烟阁，也使其成为著名的"凌烟阁二十四功臣"之一。

虞世南一生，行文做事落落大方，性情柔中带刚，不管遇到多大的挫折、多寂寥的光阴、多窘迫的困境，他都能风轻云淡，让岁月照见筋骨，照见精神，照见独特之处。

书法、文章、政治、品性，无一不是虞世南所长。他既是尘埃，也是雪竹，既是草根，也是英才，更是《蝉》中所写的"居高声自远，非是藉秋风"的金蝉。

寥寥几笔，清白、高雅、出尘的蝉的形象跃于字里行间。此等模样，与虞世南不是别无二致吗？在精神、灵魂、心性境界上犹如约定般默契的两种生命，彼此相生相依，一脉相承，一脉相通，成就了冠绝古今的《蝉》。

他的文学艺术与圣贤精神，为世间留下了"合含刚特，谨守法度，柔而莫渎，如其为人"的《孔子庙堂碑》——唐楷是工稳的代表，代表了楷书里最精确、最理性的部分，恰如《孔子庙堂碑》的方正，既不像《爨宝子碑》的夸张，也不像《张猛龙碑》的棱角分明。它代表中国文化中很坚定的价值，值得后来人追寻和探究。

兴许，虞世南是历史上最会写诗的书家、最会书法的诗人了。

这就是蝉的一生，也是他的一世参禅。

诗人小传

虞世南（558—638 年），初唐书法家、文学家、政治家、诗人，"凌烟阁二十四功臣"之一，与欧阳询、褚遂良、薛稷合称"初唐四大家"。生性沉静，博闻强识，笃行扬声，雕文绝世。唐太宗李世民赞其身兼五绝：一德行，二忠直，三博学，四文词，五书翰。

王勃：少年血气，天妒英才

滕王阁诗

滕王高阁临江渚，佩玉鸣鸾罢歌舞。

画栋朝飞南浦云，珠帘暮卷西山雨。

闲云潭影日悠悠，物换星移几度秋。

阁中帝子今何在？槛外长江空自流。

读过王勃《滕王阁序》中的"落霞与孤鹜齐飞，秋水共长天一色"，可知庾信《马射赋》中的"落花与芝盖齐飞，杨柳共春旗一色"，前文正是后文的翻版，所以，王勃其实不是这个著名句式的开创者。

他虽然借用了前人的笔法，但才华并非嫁接在前人之上。

《旧唐书》曾评论王勃"六岁解属文，构思无滞，词情英迈，与兄才藻相类。父友杜易简常称之曰：此王氏三珠树也。"长江后浪推前浪，只活到二十六岁的王勃，用无与伦比的天纵才情征服了初唐，被誉为"初唐四杰"之首。

九岁，王勃在祖父王通的教导下，很早就读过训诂学家颜师古的《汉书》，随后从书中挑拣出错误的地方，以此撰写出《指瑕》

十卷。仅此一点，就将王勃与其他神童明显拉开距离，他已经成为天才中的天才。

十二岁，饱览六经的王勃开始对仕途感兴趣，对古代文人来说，政治高地是展现才能的最佳舞台。之后三年里，他遵循祖父王通的教诲，心行合一，积极入仕，主要做了三件事：

第一件，王勃写下《上绛州上官司马书》，以文表心，立言见志。"孔宣父之英达，位未列于陪臣；管公明之杰秀，名仅终于郡属。有时无主，贾生献流涕之书；有志无时，孟子养浩然之气，则说亦有焉。"骈文中，他列举历代才子的悲惨境况，引经据典，最后说"岂非妙造无端，盛衰止乎其域；神期有待，动静牵乎所遇"，意思是说，时运和境地影响个人的命运，甚至国家的盛衰。

第二件，王勃上书唐朝宰相，表明了自己渴望功名、希望济世的决心，被称赞"此神童也"！但这件事情并没有为他的仕途助力，毕竟他只有十四岁，朝堂不仅需要才华，更需要极强的政治谋略。

第三件，王勃开始向更上层靠拢。乾元殿建成时，他向唐高宗进献了一篇《乾元殿颂》，一来赞叹"紫扃垂耀，黄枢镇野。银树霜披，珠台月写"的乾元殿美景；二来称道"道超中古，功推下济。惟帝惟天，惟天惟帝"的皇帝功德。唐高宗李治听说了这件事后，赞赏他妙笔生花："奇才，奇才，我大唐奇才！"

三年间，弱冠少年声名鹊起，随后一年，王勃参加了科举考试，顺利登科及第，被朝廷授予朝散郎的职位，一举成为朝廷中最年少的命官。

可是，天才的实相是繁杂的、无奈的、身不由己的。

朝散郎这个官位，文官第二十阶，从七品上，属于"以加文武之德声者，并不理事"的文散官职，说白了，就是不掌实权——朝廷认可了他的才华，但没有认可他的政治能力。充斥着"老江湖"的朝堂，真的能容下一个"小毛孩"吗？

常言道，伴君如伴虎。放在王勃身上，一语成谶。

王勃在主考官的举荐下，升官至沛王府，但很快就犯下了第一个大错！

沛王和兄弟英王喜欢玩斗鸡游戏，王勃为得沛王欢心，又自恃才华过人，便洋洋洒洒写了一篇《檄英王鸡》。开头就说"盖闻昴日，著名于列宿，允为阳德之所钟"，意思说，鸡并非凡俗家禽，它是天上的昴日星君。这种过度夸张的文辞，暴露了他不成熟的心智。

更致命的，《檄英王鸡》里出现了冒犯皇帝的句子，足以将王勃置于死地。

"两雄不堪并立，一啄何敢自妄？养成于栖息之时，发愤在呼号之际"，他以鸡暗喻，说一山不容二虎，成功一次怎可骄傲？

"倘违鸡塞之令，立正鸡坊之刑。牝晨而索家者有诛，不复同于凫畜；雌伏而败类者必杀，定当割以牛刀"，"鸡塞"指鸡鹿塞之战，"违鸡塞之令"指战败。讲的是战败的鸡必须立即送去鸡坊处死，懦弱或退缩的鸡也要一并诛杀，不能把鸡当成其他畜生来放纵。另外，它们当中的败类会祸患同族，都要杀死。俗话说"杀鸡焉用牛刀"，但这不是一件小事，应当用牛刀杀它。

在斗鸡者心里，《檄英王鸡》不失为一首绝好的战歌，但在唐高宗李治眼里，王勃写的哪里是斗鸡？分明是在暗指两王相斗、互相残杀、争权夺位、斩草除根！

李治回忆起父皇李世民手足相残的往事，担心王勃把他的儿子沛王教坏，一时间非常恼火，怒斥："歪才，歪才！沛王和英王喜欢斗鸡，你不去劝诫，反而挑拨离间，用浮夸虚构的檄文为其相斗助兴，这种人要立即赶出王府！"至此，王勃便背负耻辱的罪名，被逐出长安。

真是成也文章，败也文章。

留得青山在，不怕没柴烧，王勃是这样安慰自己的。

他借着修习过的医药知识，来到草药丰茂的虢州，谋得了参军之职。

没了长安，还有青山。可惜他秉性未改，恃才傲物，又遭同僚妒忌，不出半年，就传闻王勃私藏了一个罪犯，因害怕败露，杀死了这名罪犯。此事漏洞很多，前因后果晦暗不明，也许是被同僚嫁祸，或另有隐情，总之这一回，王勃被判死刑。

一个有才华的人，可以炫技，可以骄傲，可以不成熟，但不能留在朝廷。王勃的冒失使他罹祸，苦心经营的未来也尽数砸在手里。唯一幸运的是，死刑恰逢朝廷大赦，他由此逃过一劫。

虢州的雪下得好大，淹没草迹，一步一个脚印，深深浅浅中，他想起幼年的荣耀，想起长安，想起了一个人，一个酒鬼，他的叔爷爷王绩。

王勃有强烈的入仕倾向，而辞官隐居的王绩，在他眼里应该属于缺乏仁爱，没有治世胸襟的一类人，是不大被他瞧得起的。王勃曾想：自己年少有为，怎会不成才呢？可如今再看，单就王绩自保清白的手段，既保留了最后的尊严，亦将光荣赠予后人，反倒是自己年少鲁莽，断送了前程，还牵累父亲被贬到交趾县担任县令。交趾县远至南荒，所谓的"县令"，不过是名义上好听一些的发配。

接二连三的打击，终于让王勃明白一个道理：官场，就是战场，才华是一杆利矛，谋略才是自我保护的盾牌。

他的一生，只是把自身化成一杆锋锐的毛笔，与朝堂斗，与同行斗，最终惨败收场。

当一个人把自己变成一杆笔的时候，只有文道，没有政道。文道与政道，天然相冲，僵持下去，最终走向灭亡。

事已至此，王勃落寞如雪。他在《上百里昌言疏》中对父亲极为愧疚："今大人上延国谴，远宰边邑。出三江而浮五湖，越东瓯而渡南海。嗟乎！此皆勃之罪也。无所逃于天地之间矣。"不再考虑仕途之事，接下来，他打算追寻父亲的踪迹，前往南荒。

一年半的艰辛路程里，他途经滕王阁，看着阔狂的飞檐四角，地势如钩天揽月，登高望远，逸兴遄飞。刹那，二十年感怀齐聚心头，只想一吐为快：

披绣闼，俯雕甍。山原旷其盈视，川泽纡其骇瞩。闾阎扑地，钟鸣鼎食之家；舸舰弥津，青雀黄龙之舳。云销雨霁，彩彻区明。落霞与孤鹜齐飞，秋水共长天一色。渔舟唱晚，响穷彭蠡之滨，雁阵惊寒，声断衡阳之浦……

时运不齐，命途多舛。冯唐易老，李广难封。屈贾谊于长沙，非无圣主；窜梁鸿于海曲，岂乏明时？所赖君子见机，达人知命。老当益壮，宁移白首之心？穷且益坚，不坠青云之志……

那种气凌云汉、字挟风霜的寂寥之美，也许是我们永远体会不到的，他留下的《滕王阁序》亦可能是生命中最后的流星。

上元三年春夏之交，王勃离开滕王阁没多久，不幸溺水而亡。

天纵之才，在水之滨。

功败垂成，世上少了一个少年血气的诗人。

诗人小传

王勃（650—676年），字子安，绛州龙门人，唐代文学家、儒客大家、"初唐四杰"之首。六岁能书，有"神童"之称。十六岁科举及第，后因《檄英王鸡》获罪，被罢免。上元三年（676年），落水而亡。有《滕王阁序》《送杜少府之任蜀州》等闻名于世。

杨炯：为文为武，一片丹心祭大唐

从军行

烽火照西京，心中自不平。

牙璋辞凤阙，铁骑绕龙城。

雪暗凋旗画，风多杂鼓声。

宁为百夫长，胜作一书生。

一直以来，书生擅做文章，却不一定爱做文章。

像《从军行》这种荡气回肠的边塞诗，反而受到众多诗人的偏爱。前有《诗经·出车》"王命南仲，往城于方。出车彭彭，旂旐央央。天子命我，城彼朔方。赫赫南仲，玁狁于襄"，后有《蝶恋花·出塞》"从前幽怨应无数。铁马金戈，青冢黄昏路。一往情深深几许？深山夕照深秋雨"。

单看《全唐诗》中的边塞诗，足足有两千多首。在这蓬蓬茂密的诗林中，蕴藏着老老少少的书生气、战火气、人情味，从晃漾的边塞月光下，可以望见边陲营帐沧桑的景象，检阅光阴如何斧刻在粗粝的脸上。

有时候，比将军更痛恨战争的，是书生。

恨到没有办法，只能下笔长叹：黄云北雁、大漠风尘、铁衣角弓、胡琴羌笛……纸上所感所写，满眼风霜，满心豪情，可惜一切仅是书生扼腕的一个梦。然而若不幸，兵尽，人散，战鼓声直奔耳际，狼烟满城——那从未触碰过的、遥远的刀戟终于近在眼前，书生却无能为力。

恨有一千种，恨自己无能为力最属可惜。

"初唐四杰"中位列第二的杨炯就怀揣着遗憾的长恨，在《从军行》中坦言："宁为百夫长，胜作一书生！"在他年轻微弱的生命里，佶屈聱牙的诗文已填不满胸中的沟壑，不倦不懈的手，渴望握住牙璋兵符，就如握住一个朝代盛衰的命脉，一往无前，一场死战。

于杨炯而言，征战是很难的，但做文章很容易。

他和王勃同岁，十一岁待制弘文馆，做官的年龄甚至比王勃更早，也有"神童"的美誉。两人相似度如此之高，杨炯却一向不喜欢王勃，关于初唐四杰"王杨卢骆"的排名也愤愤不平："耻在王后，愧在卢前。"他听说王勃为讨好沛王写下《檄英王鸡》，被贬后又有犯罪经历，打心底觉得王勃的才华和品德比不上自己，排在这样的人后头，简直是一种耻辱。

那么，杨炯的才华到底如何呢？

有趣的是，这两人都写过《青苔赋》，尝试一较高低。

王勃在《青苔赋》的序中写道："苔之生于林塘也，为幽客之赏；苔之生于轩庭也，为居人之怨。斯择地而处，无累于物也。"青苔生长在林园就被用于观赏，生长在居所就会被厌弃，青苔如此，人也一样，境地决定机遇。

而杨炯在《青苔赋》中这样写道:"苔之为物也贱,苔之为德也深。夫其为让也,每违燥而居湿;其为谦也,常背阳而即阴。重扃秘宇兮不以为显,幽山穷水兮不以为沉。有达人卷舒之意,君子行藏之心。唯天地之大德,匪予情之所任。"通篇清爽,谈的是青苔达而不显、穷而不沉的君子德行。

在辞藻雕琢上他们没有太明显的区别,但对青苔的立意完全不同,这至关重要的一点,便是决胜点。

一篇《青苔赋》,不仅彰显文采,冥冥之中也昭示了他们一生的际运。

王勃之于青苔,稍显无情和客观,忽略了青苔本身,着重强调环境对人或物的影响,用力过猛,格局也稍显狭窄。再看杨炯,他的青苔不张扬,不沉默,说的是为人处世的秉性,也是境界。

当然,单一篇《青苔赋》不足够独断两人的才华,然而窥见纤毫,也可以辨识出他们之间的某些特征了。

杨炯崇尚苔的清白,而官场通常不如人所愿,朝廷的黑白混沌、粉饰灰暗都令他不屑一顾。任职期间,杨炯轻视权贵,鄙视朝廷官员的浮夸服饰,给这类金玉其外、败絮其中的人取了"麒麟楦"的难听外号,意为戏剧中披着彩妆假扮麒麟的驴子。他的原话是:"今假弄麒麟戏者,必刻画其形覆驴上,宛然异物,及去其皮,还是驴耳。"说得痛快,也要付出代价。

杨炯的仕途一直塞滞不畅,在弘文馆待制了十六年,才获得一个"雠校典籍,刊正文章"的职务,六七年后被提拔为太子詹事司直,可惜天不遂人愿,在他三十六岁那年,他的亲戚参与了起兵讨伐武则天,不但被杀,还株连杨炯被贬到四川梓州。

从长安的太子府被贬至州地，大起大落无疑中伤了杨炯，此后八年里，他落寞如斯。

当时的唐朝看似太平，实则狼烟不断。从秦汉乃至唐后，中原与北方游牧民族的冲突始终存在，中原军事力量相较薄弱，几次三番被游牧民族打败。

杨炯听闻"烽火照西京"心中更加愤懑——既然一身抱负无法施展，不如"牙璋辞凤阙，铁骑绕龙城"，在边陲忍受"雪暗凋旗画，风多杂鼓声"的侵袭，率领百来个士兵冲锋陷阵，也好过做个"百无一用"的书生！

杨炯自知没有行军打仗的机会，但仍有赤子之心。他怀着朴素干净的爱国情怀，对时代动荡的动容，对英雄成败的向往和殊死搏斗的愿望，用丹心与世间相融相知，宁愿努力地枯守，就像明知难从军，还要写下《从军行》，就像明知战争有时不过是一场盛大的野猎，还是要努力去角逐、去呼号。

这便是杨炯，有着"冻水寒伤马，悲风愁杀人"的视死如归，有着"寸心明白日，千里暗黄尘"的光明世界。

如意元年冬，开春后的那年，他亡故了。

传说，杨炯被派往盈川任职，为祈雨而跳湖殉职，盈川百姓为纪念他的恩泽，建杨公祠，塑杨炯像，把他当作"贤令"来奉祠。这座祠堂，至今仍存于浙江省衢州市盈川村，修修补补，已有一千多年。

杨公祠上贴着一副对联，二十六个字，犹见故人归：

当年遗手泽，盈川城外五棵青松；世代感贤令，泼水江旁千秋俎豆。

　　杨炯（650—693年），字令明，华州华阴人。唐代文学家，与王勃、卢照邻、骆宾王并称"初唐四杰"。诗词风骨强健，打破了齐梁以来的"宫体诗风"，清骨明姿，居然大雅，在中国诗歌发展史上有着承前启后的作用。

卢照邻：世间难得有情郎

长安古意

长安大道连狭斜，青牛白马七香车。

玉辇纵横过主第，金鞭络绎向侯家。

龙衔宝盖承朝日，凤吐流苏带晚霞。

百尺游丝争绕树，一群娇鸟共啼花。

游蜂戏蝶千门侧，碧树银台万种色。

复道交窗作合欢，双阙连甍垂凤翼。

梁家画阁中天起，汉帝金茎云外直。

楼前相望不相知，陌上相逢讵相识。

借问吹箫向紫烟，曾经学舞度芳年。

得成比目何辞死，愿作鸳鸯不羡仙。

比目鸳鸯真可羡，双去双来君不见。

生憎帐额绣孤鸾，好取门帘帖双燕。

双燕双飞绕画梁，罗帏翠被郁金香。

片片行云着蝉鬓，纤纤初月上鸦黄。

鸦黄粉白车中出，含娇含态情非一。

妖童宝马铁连钱，娼妇盘龙金屈膝。

御史府中乌夜啼，廷尉门前雀欲栖。

隐隐朱城临玉道，遥遥翠幰没金堤。

挟弹飞鹰杜陵北，探丸借客渭桥西。

俱邀侠客芙蓉剑，共宿娼家桃李蹊。

娼家日暮紫罗裙，清歌一啭口氛氲。

北堂夜夜人如月，南陌朝朝骑似云。

南陌北堂连北里，五剧三条控三市。

弱柳青槐拂地垂，佳气红尘暗天起。

汉代金吾千骑来，翡翠屠苏鹦鹉杯。

罗襦宝带为君解，燕歌赵舞为君开。

别有豪华称将相，转日回天不相让。

意气由来排灌夫，专权判不容萧相。

专权意气本豪雄，青虬紫燕坐春风。

自言歌舞长千载，自谓骄奢凌五公。

节物风光不相待，桑田碧海须臾改。

昔时金阶白玉堂，即今惟见青松在。

寂寂寥寥扬子居，年年岁岁一床书。

独有南山桂花发，飞来飞去袭人裾。

一笠风，一钩月，踏着唐风子遗诗意氤氲的脚步，走近卢照邻。

在他的笔下，盛唐诗意光影陆离，而实况却是"寂寂寥寥扬子居，年年岁岁一床书"，深情以往，不曾想"辜负"二字，也曾烙印在卢照邻身上。

其实，薄情寡义的男女很多，但大多称不上辜负，因为一开始就是戏弄，全然没有当真过，所以只能叫作"恶行"。

辜负是藕断丝连的无奈，有悔不当初的意味，就像英雄气短，美人迟暮。当初总是风雨无阻，最后却躲着月光逃离现场，落得个潦草收尾。

卢照邻的红尘是一场辜负，兰因絮果，源自一场误会。

卢照邻出生在幽州范阳，十岁修习《苍》《雅》，年纪轻轻就进了邓王府任职，职位类似现在的秘书，加之邓王府的藏书格外丰富，为卢照邻的学富五车打下了基础，也使得邓王十分爱惜他："你是我的司马相如。"司马相如是西汉著名的辞赋家，被尊为"赋圣"和"辞宗"，可见卢照邻这样"河朔英生、盛年振藻"的人才，的确不负"初唐四杰"的名声。

不过，古代王府任职一般都有时间限制，卢照邻在邓王府的年限已满，便被调往益州新都，做了一个县尉。

蜀中是个好地方，一湾水三分春色，两行诗七分人间。卢照邻本身体弱多病，此地正好可以修生养息。他流连于清闲的蜀中，每日都可以像闲云野鹤一般放旷诗酒，在一方古老幽雅中，乐此不疲。

恰是蜀中的人杰地灵，使他爱慕上一位姓郭的姑娘。

古人的浪漫，比今人更甚。

新正元旦后的元宵节，按照传统习俗，夫妇们在锦里开设芳宴，供乡里乡外的夫妻把酒言欢，还有放花灯、耍把戏等节目。

《醉翁谈录》记："常开芳宴，表夫妻相爱耳。"卢照邻与郭姑娘夜游至此，留下《十五夜观灯》：

锦里开芳宴，兰缸艳早年。

缛彩遥分地，繁光远缀天。

接汉疑星落，依楼似月悬。

别有千金笑，来映九枝前。

热闹照映夜空，缤纷点缀夜幕。此刻，心上人的笑容近近地照映在彩灯之间。

七夕佳节，两人又泛舟湖上，卢照邻吟诵《七夕泛舟》：

凤杼秋期至，兔舟野望开。

微吟翠塘侧，延想白云隈。

石似支机罢，槎疑犯宿来。

天潢殊漫漫，日暮独悠哉。

天地开阔，岁月悠哉，此情此景之下颇有"山无棱，天地合，乃敢与君绝"的既视感。

烟火的、世俗的浪漫，与诗人清丽庄严的秉性形成了富有意味的对照。卢照邻是愿意俗下去的，只要能与郭姑娘在一起。世俗是一种状态，雅是一种姿态，雅俗不离分，并非泾渭分明，反而相互交融，得到最真实的快乐。

待益州职位期满，卢照邻该回长安了。

此时，郭姑娘已有身孕，卢照邻真心爱慕她，担心她在途中操劳伤身，便向她许诺，等自己在长安扎稳脚跟就接她过来。

不曾想，长安的政局已经风云变幻，唐高宗李治先是废了王皇后，再立武则天为新后，之后自己久病不愈，而武则天则逐渐伸出权倾朝野的利爪。

此时，回到长安的卢照邻，不仅没能站稳脚跟，反而因朝堂乱战的横祸入狱，沦为自身难保的"泥菩萨"，更别提接回郭姑娘的事了。

狱中，卢照邻无比激愤地写下《长安古意》。他用"专权意气本豪雄，青虬紫燕坐春风。自言歌舞长千载，自谓骄奢凌五公"讲述长安权贵们骄奢淫逸的生活；又用"节物风光不相待，桑田碧海须臾改。昔时金阶白玉堂，即今惟见青松在"表明自己的寂寞与不平。岁月转烛，时不待人，荣华富贵如何长久？

过眼繁华，来去匆匆，愤懑之外，他有无边的悲情。

世间的光，照不进黑暗的牢狱。卢照邻秉着文人风骨，即便灾难在前，也没有趋炎附势。在狱中，他写《狱中学骚体》想念郭姑娘：

夫何秋夜之无情兮，皎晶悠悠而太长。

圃户杳其幽邃兮，愁人披此严霜。

见河汉之西落，闻鸿雁之南翔。

山有桂兮桂有芳，心思君兮君不将。

忧与忧兮相积，欢与欢兮两忘。

风袅袅兮木纷纷，凋绿叶兮吹白云。

寸步千里兮不相闻，思公子兮日将曛。

林已暮兮鸟群飞，重门掩兮人径稀。

> 万族皆有所托分，寒独淹留而不归。

人活着，总要有一点高于物质的追求，若没有物质之上的那一点念想，岂不毫无生趣。只是，锦书犹在，鸿雁难托，一切悲苦仅自己知晓罢了。

若是骆宾王也知道他的苦楚，便不会在遇到郭姑娘之后，写下《艳情代郭氏答卢照邻》：

……

> 平江森森分清浦，长路悠悠间白云。
> 也知京洛多佳丽，也知山岫遥亏蔽。
> 无那短封即疏索，不在长情守期契。
> 传闻织女对牵牛，相望重河隔浅流。
> 谁分迢迢经两岁，谁能脉脉待三秋。
> 情知唾井终无理，情知覆水也难收。
> 不复下山能借问，更向卢家字莫愁。

郭姑娘借骆宾王托信，一句"也知京洛多佳丽，也知山岫遥亏蔽"涕泪俱下。长安美景可使相公乐不思蜀，忘了山川之外还有一妻子。流光难留，一个女人内心的轰动只能破碎飘絮，无人向她解释。

纵有千千结，终有千千解，归根结底，卢照邻还是辜负了她。

他回不去了，即便从牢狱脱身，也抵不过重病缠身。他再也回不去从前逍遥的蜀中了。

后来，卢照邻在太白山休养，由师父"药王"孙思邈照料。不多时，他听闻父亲去世的消息，悲痛欲绝，将喝下去的中药都吐了出来，病情更加严重。

因为贫穷，他只能穿轻薄的麻布衣裳，喝粗劣的藜菜汤，靠朋友救济维持性命。

病到深处，他的手废了，脚也拘挛，炯炯有神的双目变得混沌不堪，健行如松的身体变得步履蹒跚，嗓音不再清亮，眉梢眼角也染上霜华。一代才子不堪沦落至此，可悲可叹。

卢照邻自知命不久矣，写下《五悲文》，最终自沉颍水，将性命送予江河。

大雪连天，飞鸟尽失。投江自尽前，他一定后悔离开蜀地，一定想起心上人在花灯下的笑容，静美安好，有如时光一样熨帖，"得成比目何辞死，愿作鸳鸯不羡仙"，当真是天上神仙都不换。

终了，今人只能在后人记载中重现卢照邻的身影。

清代鲍桂星在《唐诗品》中为卢照邻之死悲戚："升之（照邻）河朔英生，盛年振藻，典签之日，即擅相如之誉，可谓彬彬学士矣。然神情流荡，早痾伤困，废居太白山中，殆欲采掇若华，曜灵驻节，竟以不堪，自沉颍水，悲夫！"

英雄垂暮，满是遗憾。

这世间好情郎、好诗人不多。千金难买千金方，愿以千金换照邻。

卢照邻（约 635—约 685 年），字升之，幽州范阳人，唐代诗人，与王勃、杨炯和骆宾王并称"初唐四杰"。著有《卢照邻集》《幽忧子》，诗句"得成比目何辞死，愿作鸳鸯不羡仙"流传千年。但常年患疾，不堪病痛折磨，最后自投颍水而死。

骆宾王：怼天怼地怼皇帝的咏鹅少年

咏鹅

鹅，鹅，鹅，曲项向天歌。

白毛浮绿水，红掌拨清波。

中国人熟知《咏鹅》，却不一定熟知"咏鹅少年"骆宾王。

浩浩历史千百载，滚滚黄沙万古名。历史上，诗人一直给人一种"文史上的巨人，军事上的矮子"的印象，外战薄弱的缺点始终不曾消逝，但"初唐四杰"之末的骆宾王凭一己之力，扭转了局势。

关于他的记载不多，但从抽丝剥茧的描述背后，我们依然可以看见一个有血有肉的男人。他是一介书生，更是一个铁血勇士。

早年间，骆家繁荣兴旺，轮到骆宾王这一辈便逐渐衰败。加之父亲早逝，骆宾王一出生即在义乌县城北的一个小村庄里，沦为清贫的"寒门子弟"。

在古代，对依仗家族发展的文人墨客来说，"寒门"是非常不利的缺陷。但骆宾王的父母仍对这个孩子抱有极高的政治期待，为其取名"宾王"——源自《易经》观卦："观国之光，利用宾于王。"

骆宾王天生聪颖，七岁能诗，写下《咏鹅》，九岁作《玩初月》，自起民间，无人帮衬，凭的全是实力。

时值初唐，二十二岁的骆宾王第一次参加科举考试。

科考的目的，本来是让"寒门"有一个出路，有改变命运的机会。不曾想，他一到考场，就发现徇私舞弊的风气十分严重，那些不学无术的纨绔子弟偏来搅浑水，贿赂官员，由上至下，层层包庇，考前就把自己的"锦绣前程"铺陈好了。

骆宾王不屑于此，又无力改变现状，在《畴昔篇》中悲叹："判将运命赋穷通，从来奇舛任西东。不应永弃同刍狗，且复飘飘类转蓬。"

他看明白了，这世道根本不会给"寒门"一条公平的出路。

自打这件事后，骆宾王知道"金榜题名"与自己无缘，也不想谋求什么官位，只一心留在异乡定居，辗转贫苦乡间，犹如干枯的蓬草随风飘远。

十年如一日，清贫如斯还能"不为五斗米折腰"的人，是真的勇士。

一晃到了三十岁，骆宾王被道王李元庆发现。"千里马常有，而伯乐不常有"，遇到李元庆，实乃幸事，能在王府中担任一官半职，也好过做个平头百姓。但这匹千里马性子高傲，不愿被驯服——李元庆让骆宾王写篇"自叙所能"的简历，竟然被骆宾王义正词严地拒绝了！

如何拒绝的？他写了一篇《自叙状》："若乃脂韦其迹，乾没其心，说己之长，言身之善，腼容冒进，贪禄要君，上以紊国家之大猷，下以渎狷介之高节，此凶人以为耻，况吉士之为荣乎？

所以令炫其能，斯不奉令。谨状。"

而立之年的骆宾王，说起话来却像个毛头小子。你让我为了功名利禄炫耀自己的才能，这种事啊，不仅是在祸乱国家，也在损坏我的名声，真正的高人会以此为荣吗？不会。你叫我炫技，抱歉，不能从命。

古时候，文人主要分两派，一派避世隐居，一派奔波朝政。像骆宾王这样身在官场，又自断前程的人，估计只此一个，其风骨也岿然可见。怪不得明朝的文学批评家胡应麟，曾用"骨干有余，风致殊乏，至于排律，时自铮铮"评价骆宾王。

自断仕途后，骆宾王更惨了。

他被贬从军，戍守边疆，一介书生混迹于士兵当中，抬首荒丘，低头黄土，莫说吃饱穿暖，边疆的恶劣环境恐怕还不如当初的"寒门"。他撑着一口硬气，不像其他诗人哭哭啼啼，空闲时候还帮将军写一写平叛蛮族的檄文，精忠报国，亦无怨言。

有一次，军队路过蜀地，正是这个契机，让他和初唐四杰中的"老三"卢照邻结下梁子。

他写了一首《艳情代郭氏答卢照邻》痛骂负心汉，并且提起司马相如抛弃卓文君的旧事，将卢照邻这个远在他乡的病秧子骂得狗血淋头。虽然卢照邻因病重耽搁，骆宾王只是误会了一场，但他为女子出头的侠士风范，留在了后人眼中。

他骂完上司，骂完负心汉，又决定骂女天子，当朝皇帝武则天。

结果不出几日，因为多次写文章讽刺武则天，直接被关进大牢。但骆宾王运气好，赶上大赦，逃过一劫。之前初唐四杰的"老大"王勃也有过相同的坐牢经历，相比于王勃出狱后的乖顺，骆宾王就截然不同了——造反起义！

私下，骆宾王找到了唐初将领李震的儿子李敬业，准备协助他谋反。

嗣圣元年九月，李敬业在扬州起兵，骆宾王写了一篇洋洋洒洒的《为李敬业讨武曌檄》，泼墨振藻，轰动长安。

"伪临朝武氏者，性非和顺，地实寒微……加以虺蜴为心，豺狼成性，近狎邪僻，残害忠良，杀姊屠兄，弑君鸩母。人神之所同嫉，天地之所不容。"铁腕女皇武则天读到这篇檄文，来不及生气，反而质问宰相："如此人才为何没能为我所用？这是你的过失！"

连敌人都拜服，可见其才华足以倾倒世人。

好景不长，不到两个月李敬业就被杀了，骆宾王也下落不明。

野史记载，多年之后，宋之问也许偶遇过骆宾王。

在灵隐寺，一日夜里，宋之问在走廊间徘徊赋诗，观月明，看寺静，话至嘴边："鹫岭郁岧峣，龙宫锁寂寥……"苦思冥想，始终想不出下联。恰有一老僧点灯路过，笑问："这位公子夜深不睡，为何在此苦吟？"宋之问便将作诗的苦恼告诉他。

不料，老僧脱口而出："何不用'楼观沧海日，门对浙江潮'这一句呢？"

宋之问愕然愣住，对老僧诗句中的格高志远、苍然有骨感到惊讶万分。

惊讶之余，宋之问借由兴致，将诗句尽数道出："鹫岭郁岧峣，龙宫锁寂寥。楼观沧海日，门对浙江潮。桂子月中落，天香云外飘。扪萝登塔远，刳木取泉遥。霜薄花更发，冰轻叶未凋。待入天台路，看余度石桥。"说完，反刍两三遍，仍觉老僧赠予的诗句最佳。

宋之问心中大愧：想不到自己钻研学问多年，竟不如一不问世事的老僧。

后来，寺庙里有人知道了此事，找到宋之问，告诉他事情的真相：那位老僧就是当年反叛失败、落发出家的骆宾王。

骆宾王啊骆宾王，一生没有"宾王"，反而一身侠骨，上批女天子，下唾负心汉，既是乱臣贼子，亦是精忠好汉，古卷青灯之外，仍为诗人之师。诗人闻一多对他的评价很真实：骆宾王天生一副侠骨，专喜欢管闲事，打抱不平、杀人报仇、革命，帮痴心女子打负心汉。

这样英雄气概的男子，孰能不爱？

诗人小传

骆宾王（约619—约687年），字观光，婺州义乌人，唐代大臣、儒客大家、诗人，与王勃、卢照邻、杨炯并称"初唐四杰"。七岁写《咏鹅》，世称"神童"，后随李敬业起兵讨伐武则天，作有《为李敬业讨武曌檄》。兵败后下落不明，传说遁入空门。

陈子昂：百万胡琴千金砸，万古幽州长悲叹

登幽州台歌

前不见古人，后不见来者。

念天地之悠悠，独怆然而涕下。

《战国策·燕策一》中，讲过一个故事。说是战国时期的燕国，只是一介小国，内乱外祸，燕国的君主燕昭王一心想要雪齐国之耻，但苦于没有改变国运的方法，自知发兵攻齐之举，纯属以卵击石，所以只能按兵不动。

这时，燕国一个大臣站出来出主意："我听说啊，古代有一个君主，用一千两黄金买一匹千里马，但三年都买不到，有人谏言帮君主去买，结果三个月后，他花重金买了一匹死马的头颅。君主大怒，那人却说：'能用五百两黄金买一匹死马，还怕买不到活马吗？'后来，不到一年，就得到了三匹千里马。"

这就是"千金买骨"的典故。

话没说完，这位大臣话锋一转，揭破燕国的困局：小国只要能召集贤才，力量也是无穷的，既然燕国求贤若渴，不如仿照"千金买骨"，抛砖引玉，标榜一位贤士来吸引天下的人才。

燕昭王听完，不仅拜大臣为师，而且下令为大臣修建"黄金台"。果然，风声传得极快，"士争凑燕"的局面立马呈现开来，魏国军事家、齐国阴阳家、赵国游说家等贤才都不远千里，济济来访。燕国国力大增，不久起兵攻齐，连夺七十二城池。

幽州"黄金台"，一举成为天下贤才心中的荣耀。它的惊慕、它的荣宠，足以横扫一切冷峭和失意。

千百年后，唐朝"诗骨"陈子昂走到古幽州广袤的平原大地，仰望昔日的黄金台，却写下了一首极为灰暗落寞的《燕昭王》：

南登碣石馆，遥望黄金台。

丘陵尽乔木，昭王安在哉？

霸图今已矣，驱马复归来。

他登上碣石官，遥望黄金台边长满杂木，心中悲叹：燕昭王如今在哪里呢？雄图霸业已然不复存在！天际的无垠与孤独的悲凉交融成冰，寂寥风中，他打马离开的背影凝固在时光里。

毕竟，此时的陈子昂，只是武则天侄子武攸宜手下的一个参谋。

武攸宜其实是一个酒囊饭袋，却领兵受命，讨伐冀州、幽州和营州的契丹族。眼瞅他节节败退，就连前军将领都相继陷没，输得屁滚尿流。一旁的陈子昂终于按捺不住，考虑到自己有抵御突厥的作战经验，就算战败，也不会比现状更惨，于是，他向武攸宜谏言"乞分麾下万人以为前驱"，愿意作为前锋上阵杀敌，却被奚落一顿，降职军曹。

热血难凉，陈子昂跟随败兵路过幽州黄金台，痛问出千古名句："昭王安在哉？霸图今已矣！"

这一年，万岁通天元年，他落寞如雪。

二十几年前，陈子昂没有想到自己会有这样不得志的一生。

他出生富豪家族，年少时以钱财行侠仗义，快意江湖，是诗人中少有能一掷千金的人物。但直到十七八岁还没读过书，跟文人一点关系也没有。有一次，他偶然走到乡间的学堂，闻书声，听志学，瞬间醍醐灌顶，开了慧心。从此以后，闭门苦读，钻研经典，攻读诗赋，将百家之学尽览。

几年后，陈子昂信心满满地参加了科举考试，却接连两次落榜。

最后一次落榜时，他灰心丧气，游走于长安街头，一切热闹似乎都与他无关。

但有志之士怎会甘心？恰逢此时，耳畔传来一阵叫卖声："卖胡琴喽，价格百万！"围观者很多，皆为豪贵。当时大家都没见过胡琴这种乐器，所以始终无人出手买下，一把琴而已，要价百万实在荒唐。

陈子昂见状，心下一动，竟出手一千缗[1]买下它。在场之人不无惊愕，心想：白面青年如此阔绰，是何许人？

陈子昂蔚然一笑，抱拳承诺，明日在长安酒楼宴请各位，并向众人演奏这把价值千金的胡琴。

等到第二日，闻声而来的人比昨日还多，围得酒楼水泄不通。

---

1 古代穿铜钱用的绳子，也作计量单位。

不多时，陈子昂抱着胡琴露面，开口道："蜀人陈子昂，有文百轴，不为人知，此乐贱工之乐，岂宜留心？"文章掩于尘埃，琴乐为人所好，实属难堪。他说完，把琴就地砸碎，在一群人的目瞪口呆中，将自己的诗文散发给宾客。

有宾客读过诗文后，评价说："此人必为海内文宗矣！"

至此，陈子昂的魁奇文采得以一显芳华，"伯玉毁琴"的典故也由此而来。陈子昂的这番行为，与宋代苏轼的《琴诗》很有投契之处，诗说：若言琴上有琴声，放在匣中何不鸣？若言声在指头上，何不于君指上听？说的是物和人之间丝丝缕缕的连接，缺一不可，而毁琴之举，造就一位诗人斐然的名声，这其中也应当存在某种奇妙的关系。

拥有名声之后，陈子昂仍不满意，文明元年，他又参加了第三次考试，终于射策高第。

与此同时，他的诗文也获武则天的赏识。风生水起，他顺利入朝为官，被朝廷重用。

但此"重用"非彼"重用"——武家掌权，武则天的一派亲属即便没什么官名，身份仍旧高于在朝官员，而陈子昂不懂拍马屁，又不沾亲带故，即使身居高位，也没有真正的发言权。

因此，陈子昂的直言敢谏、不事逢迎，都变成了"不忠"的罪名。

排挤、打压、降职……他被遣北方参军出征，一晃眼，花有重开日，人无再少年。清代屈复的《偶然作》："百金买骏马，千金买美人，万金买高爵，何处买青春？"仿佛说的就是陈子昂。

岁月磨平了他的锋芒，只剩幽州黄金台那一颗垂垂老矣的赤胆忠心。

登上幽州黄金台，他写下传唱千古的《登幽州台歌》。

"前不见古人，后不见来者。"生不逢时，我既看不见当年黄金台贤士们的光耀，也看不见后世重现如此辉煌的时光。

"念天地之悠悠，独怆然而涕下。"极目远望，平畴千里，天地多么辽阔无垠，我却渺小如蛛丝。然而，郁郁不得志的寂寞却茫无涯际，勾勒在河汉之间，纵横在我心间。

痛定思痛。

三十八岁，陈子昂毅然辞官回了老家，这一去，竟再也回不来了。

老家县令贪婪残暴，听说陈子昂家中很是有钱，就设法陷害他。

陈子昂知道之后，立即往官府送去二十万缗钱，心想破财免灾，安度晚年。不曾想，县令仍不罢休，在陈子昂重病的情况下，仍派官吏拉他去受审，来回往返，他的病更重了，拄着拐杖都站不起来。内绝汤药，外迫苛政，他忧愤："天命不佑，吾殆死矣！"享年仅四十二岁。

留下的，只有唐朝"诗骨"。

后人评《右拾遗陈子昂文集序》："横制颓波，天下翕然质文一变。"

宋代刘克庄在《后村诗话》中也说："唐初王、杨、沈、宋擅名，然不脱齐梁之体，独陈拾遗首倡高雅冲淡之音，一扫六代之纤弱，趋于黄初、建安矣。"

这个千金砸琴的人，这个十八岁才读书的人，本可以有平安富裕的一生，但他选择了文人志士难以善终的一生，用悲愤白描了一场孤独人生，用雄壮的诗风肃清了"齐梁余风"中萎靡空洞的习气。能登黄金台，如何不英雄？可悲可叹。

诗人小传

　　陈子昂（约659—约700年），字伯玉，梓州射洪人，唐代文学家、诗人，初唐诗文革新人物之一，与司马承祯、卢藏用、宋之问、王适、毕构、李白、孟浩然、王维、贺知章合称"仙宗十友"。现存诗一百余首，代表作有《登幽州台歌》《感遇诗三十八首》等。

上官婉儿：大唐才女的逆袭出道

彩书怨

叶下洞庭初，思君万里余。

露浓香被冷，月落锦屏虚。

欲奏江南曲，贪封蓟北书。

书中无别意，惟怅久离居。

我们之前说过，"齐梁余风"在唐前的南朝齐、梁时期为盛，以空洞漂亮的文辞为主，轻浮绮靡，倨傲自荣，但从初唐开始，这种文风就接连遭受多位诗人的打击，如"初唐四杰"。可是，抨击之下的"齐梁余风"并未烟消云散，只是由强转弱，一直生存了七百多年。

"齐梁余风"没有优点吗？也不是。

艺术上看，柔弱的宫体诗虽然"灵魂空虚"又毫无骨气，烙有"靡靡之音"的罪名，但它们一般都经过精心修辞，声律清亮，也追求字面的工丽华美。若能加以改正，剔除僵化的歌功颂德之意，灌入真情实感和现世良心，也有可能一跃升为尽如人意的盛唐之音。

但历史中的某些时代特色，是长期无法撼动的，也无法出现新气象，这时"特色"就成了僵化的教条。然而"昔时金阶白玉堂，即今唯见青松在"——当下永远是未来的推波助澜，历史终将成为过去。

一首被誉为"宫体诗的自赎"的《彩书怨》，正是上官婉儿所作。

一介女流，在惊涛骇浪中逐渐立足，在须眉环伺中独领风骚，能游刃于权力纷争的皇宫，最终又沦为皇权争斗的牺牲品，如此戏剧化的人生足以被当世和后世津津乐道了。

她属于"齐梁余风"影响下的宫体诗一派，祖父上官仪是"齐梁余风"的代表人物。意想不到的是，联想上官婉儿在唐宫中度过的惊骇一生，最后竟能跳出齐梁余绪这片沼泽，挥毫出《彩书怨》，其文采天赋实在让人匪夷所思。

她的一生究竟有多么传奇呢？

从母亲十月怀胎开始，上官婉儿的奇袭就开始了。

传说，她的母亲曾在梦中看见有人赠予自己一杆秤，预言："持此称量天下士。"消息传出后，家人皆大喜，认为腹中胎儿必将是顶天立地的男儿。谁料，生下来的却是一个女娃娃，全家跟着空欢喜了一场。

不久，更大的灾难也接踵而至。

麟德元年，唐高宗李治不愿受制于武则天，命婉儿的祖父上官仪起草"废后"的诏书，但风声很快就传到武则天的耳朵里。一时间，李治不知如何是好，加之性格软弱，反说"都是上官仪教我这么做的"，索性将队友出卖给了武则天。

上官家族一夜覆灭，宰相上官仪和儿子都被诛杀，婉儿因为刚出生不久，死里逃生，连同母亲一起被贬入一个叫作"掖庭"的地方。

掖庭的前身，就是西汉的"永巷"，隶属宫女和犯罪官僚妻女的住处，与现代人印象中的冷宫差不多。但在这里，她们的地位甚至低于普通宫女，需要做粗活来维持生计。"春花秋月年华换，掖庭寂寞肠堪断"，大抵就是如此清冷寂寞。

不过，清苦之地也是韬光养晦的修行之地。

仪凤二年的一天，武则天下令举办赋诗活动，以剪彩花为题。

婉儿饱览诗书。她混在人群中，抬头看向"杀父仇人"，没人知道她在想什么，只知一篇清新活泼的《奉和圣制立春日侍宴内殿出翦彩花应制》出自她手：

> 密叶因裁吐，新花逐翦舒。
>
> 攀条虽不谬，摘蕊讵知虚。
>
> 春至由来发，秋还未肯疏。
>
> 借问桃将李，相乱欲何如。

此诗将彩花与真花相混以假乱真，巧于构思，又遗传了上官仪的风格，修辞精致，若不是奉和应制之作，恐怕某些诗人彻夜都想不出来这样的佳作。

她的玲珑心思，讨得武则天大悦，当即免除婉儿的奴婢身份，令其在宫中做女官。

在掖庭的第十四年，她凭借一首诗走出命运的囚笼，随后青云直上，一发不可收。也许，她在沉浮中找到了属于自己的角落，懂得安分谦逊，愿意顺从，不再愤怒，亦不抵抗。

通天元年，婉儿晋升为武则天的近臣，开始参与各司的奏章处理事务，有决策政务的权力，被称为"巾帼宰相"。神龙元年，唐中宗李显反转局面，武则天在"神龙政变"后退位，婉儿作为武则天的亲信，本来难逃一死，但她奉上自己曾经劝诚武后退位的奏折，感动了李显，并被李显纳为嫔妃，封为"昭容"。

从卑微的掖庭"衣冠子"，到古今唯一的红颜宰辅。上官婉儿凭才情与容貌、胆识和勇气周旋唐宫，步步高升，一飞冲天。

只是，唐宫数十年，可曾真的风平浪静？

她一出生便失去了家族、父亲、安稳度日的尊严。当她因为"窥窃圣颜"而触怒天子，遭受黥刑[1]之时，额头的疼痛，是否让她追忆起什么？生如朝露，荣辱交错，渴望平安稳妥地活着，除了坚强，别无他法。

她将额前的伤，点成梅花妆。不须问，梅花清冷，亦有惜之不尽的情意。

从寂寞寒林移步人间，逃离阴雨掖庭，躲开"万径人踪灭"的孤茫。看世态繁华，奔赴没有硝烟的战场，盛世之下，灾劫终要过去，怎敢辜负光阴？

这个春天，虽然来得迟缓，却也会如约而至吧？

如此幻想下去，日子便会好过些。她几乎一直依靠这样的想法生活着，"来世不可待，往世不可追"，为了抓住现世的芳菲明媚，倘真倾尽了全力。

景龙三年，婉儿陪李显在长安的昆明湖游玩，有山水，有好酒，有美人，独独少了诗，不免少了些文人的底蕴。

李显兴致盎然，命群臣赋诗作乐，还让身畔的才女婉儿充当

---

1 古代刑罚之一，在脸上刺字或图当作受刑标志。

评审。

群臣写罢，交由宫人整理给婉儿，再昂首望着立于高楼之上的婉儿，见她手执诗篇，不入眼的，便从手中轻飘飘地滑落，掠过栏杆，丢到楼下任人争抢。此情此景，恰好兑现了"称量天下士"的传说。

最后，婉儿手中仅剩一张纸。

她挑选出的第一名，是宋之问的《奉和晦日幸昆明池应制》：

> 春豫灵池会，沧波帐殿开。舟凌石鲸度，槎拂斗牛回。
> 节晦蓂全落，春迟柳暗催。象溟看浴景，烧劫辨沉灰。
> 镐饮周文乐，汾歌汉武才。不愁明月尽，自有夜珠来。

此刻，诗文被最后扔下的"第二名"沈佺期很不服气，他差点折桂，忍不住质问婉儿。婉儿说："你二人的笔力其实不相上下，但沈诗最后一句'微臣雕朽质，羞睹豫章才'，气竭息尽，词气卑弱。宋诗'不愁明月尽，自有夜珠来'，豁然开朗，颇具气概。"

"不愁明月尽，自有夜珠来"道出的，其实是婉儿自己的心声。

在统治集团内部争权夺利的政治漩涡中，如此天然婉转、悠远清扬的女子确如"夜明珠"般灿烂，只遗憾人世许多静好，却不常见于宫廷。

朝廷桎梏，一如梦魇。

风烟滚滚不休，阴雨消磨，流光打身边走过，人如草木般卑微，却性本天然，骨子里是不愿妥协的。她想要一剪清光，破开乌霾，自当变作一颗夜明珠，抵消处境的晦暗。

一切只是她美好的幻想。

江山易主，胭脂用尽，唐玄宗李隆基发动"唐隆之变"后，婉儿被杀，唐朝第一才女就此香消玉殒。婉儿临死前，不知可否注意到祖父上官仪曾经写过一首与"齐梁余风"不同的诗：

> 桂香尘处减，练影月前空。
> 定惑由关吏，徒嗟塞上翁。

唐人自诩爱马，装饰以名贵的香料锦缎，但爱马又如何？"桂香""练影"不仍在边疆飘散？荣华转眼即逝，富贵一场空梦，马不能主宰自己的命运，宫人也一样。

一声嗟叹。

倘若有另一番天地，兴许，她情愿读书刻简，寄情山水，一炉香，一抚琴，一簇玉簪花，全然忘却家族悲伤、人事无常，不必郁结于胸，也不用挣扎于是否复仇的选择中，任凭外界风雨如倾，知足便能常乐，只做一介清澈纯粹的普通人。

诗人小传

上官婉儿（664—710 年），陕州陕县人，唐代女官、诗人、皇妃。早年因祖父上官仪获罪牵连为婢，后因才华出众，重得武则天赏识，成为宫廷女官，世称"巾帼宰相"。唐中宗时，被封为昭容。直至710年"唐隆政变"，被唐玄宗李隆基处死。《全唐诗》收其遗诗三十余首。

贺知章：唐朝最好运的"幸福诗人"

回乡偶书

少小离家老大回，乡音无改鬓毛衰。

儿童相见不相识，笑问客从何处来。

时近年关，异乡客仆仆风尘如雁归巢，是一种传统。

回乡的第一刻，多少人会想起诗人贺知章的"少小离家老大回，乡音无改鬓毛衰"？等雪天冻地的日子一点点过去，游子重新出发，在离家的最后一刻，暗惜"不知细叶谁裁出，二月春风似剪刀"的融融春意。

家乡天地清明、惠风和畅的春，最叫人眼馋，又最遥远，我们一再错过时节，总在辜负韶光。

于是年纪越长，越喜欢近处，越喜欢平淡不惊的人物，越喜欢贺知章这种"幸福诗人"。

和其他诗人的繁音苦重、劳心伤透相比，贺知章这可爱的老头，简直在蜜糖罐中泡了一辈子。他打小以诗文闻名，是浙江域内有史可查的第一位状元郎，一生仕途平坦，五十年官场游刃，从无被贬经历。

在百态游戏中，人更倾向于双赢的结果，能做到的却不多，贺知章算是极为幸运的。

不过，这些"幸福"和"幸运"仅来自旁观者的感受。《庄子》中曾说"至乐无乐，至誉无誉"，意思是最高境界的快乐就是没有快乐，最高境界的荣誉就是没有荣誉。"没有"，大概指的是感觉不到，或是一种"不以物喜"的无所谓。而贺知章本人觉得，风平浪静的生活固然可喜，但不如春风如酒、索醉当歌的"狂态"来得自由。

庄子逍遥自在、在宥天下的幸福观，一直是中国传统幸福观中浪漫主义的典型。贺知章在行为上也与其颇有相似，顺应天时，在"出世"与"入世"之间别出心裁，一边拜在庙堂之下，高颂歌辞"昭昭有唐，天俾万国"，一边做人间醉客，"落花真好些，一醉一回颠"，难怪担有"诗狂"的名号。

说到诗狂，最狂的诗人似乎是李白，但"狂"字为何给了贺知章？

因为他们是忘年交，晚年的贺老头和小李白关系甚好，常一起饮酒言诗。先看贺知章，再看李白，就会发觉李白的许多举止，譬如"千金散尽还复来"，仿佛是贺知章的翻刻。

天宝元年，八十多岁的贺知章已经辞官入道，在长安的道观修身养性。

某一天，李白初来乍到，两人一见如故，相邀去附近的酒楼畅谈。匆忙间难免疏忽，等到要付酒钱时，贺知章才想起来自己两袖清风，哪有银两？只见他顺势解下腰上佩戴的御赐金龟，拱手而出，交予酒家换酒。"金龟换酒"的典故由此而来，诗狂不愧是诗狂，享受生活的恣意让今人都感到汗颜。

另外，在与李白的对饮中，贺知章初读了《蜀道难》《乌夜啼》，心中大为震撼，直呼："公非人世之人，可不是太白星精耶?"，这一"谪仙人"的雅号也流传至今。后来，李白在追忆贺知章的《对酒忆贺监》中提及当年的景象：

> 四明有狂客，风流贺季真。
>
> 长安一相见，呼我谪仙人。
>
> 昔好杯中物，今为松下尘。
>
> 金龟换酒处，却忆泪沾巾。

贺知章就是这样惜缘，毫不吝啬地赋予了李白流芳的美名，让诗意变暖，日渐蒸腾起一片人间喜乐。这喜乐，是天地赐予的，也是贺知章自己创造的。

唐朝的诗人，似乎都赫赫有名，但他却能以雍容潇洒脱颖而出，不仅是诗人，也具圣贤之光。

他是诡诈朝堂的杏花春雨，气清天明，就像一个亘古的破折号，从书院编撰《六典》《文纂》到礼部侍郎，再调任太子右庶子，开元二十六年，终为银青光禄大夫兼正授秘书监，人称"贺监"。电视剧《长安十二时辰》里"何监"的人物原型，就是"贺监"贺知章。

顺达的仕途也意味着在某种程度上，贺知章很受皇帝和其他人的敬爱。

的确，他八十多岁才从朝廷全身而退，荣获皇太子和百官相送，唐玄宗还亲自为他写送别诗，果真羡煞旁人。其实，他的好性格早就于点滴中显露了。

早年间，唐朝开元名相张说脾气暴躁，与同僚关系不睦，看谁都不爽，唯独觉得贺知章为人不错，还举荐他去丽正殿任职。

贺知章到底有什么样的人格魅力，能够把"老虎变猫"呢？再讲一个故事。

在贺知章升迁至秘书监后，很久都没有再升职了。当时的宰相是张九龄，等到张九龄罢相时，见到贺知章，十分不好意思地说："我平时太忙了，没顾及给你升官，实在是遗憾啊。"

虎落平阳，别人都忙不迭地落井下石，贺知章却说："您说哪里的话，我已经受到您不少照顾啦！"

张九龄自认为与他不熟，疑惑："我哪有照顾到你？"

贺知章笑了笑："您与我同样都是南方人，您身为宰相，托您的福，没人敢骂我是南方来的'獠'，可惜您要走了，我又听见别人这样骂我啦。"

张九龄听完，心中很不是滋味，又被贺知章的诙谐打动，一时间不知该哭该笑，而没能给贺知章升迁的愧疚成为心中莫大的遗憾。

贺知章的左右逢源，在于他的身上充斥着一股《庄子》中"臭腐复化为神奇"的乐观，无论面对卑职还是高官，都没有捧高踩低、曲意逢迎的意思。光是这一点，就已胜却无数官场中人了。这也与他修道有关，讲究"真"，自然不能做伪君子。

此外，古时的文人多分为两种，或性格刚强，或软弱无骨，但所谓"太刚易折，太柔易靡"，恰好是贺知章这样因时制宜，舍得金龟换酒，舍得把京城的府邸捐作"千秋"道观，舍得名利，才不会让自己陷入进退两难的境地。

人如是，诗如是。

"一花引来万花开"，他脍炙人口的《咏柳》《回乡偶书》让唐诗有了不一样的底蕴，让后世有了非比寻常的品读，自然、情真、豁达、自在，一样都不能少。

少了，就不是大唐味道了。

诗人小传

　　贺知章（约659—约744年），字季真，越州永兴人，唐代诗人、书法家，"仙宗十友"之一，与张若虚、张旭、包融并称"吴中四士"，晚年自号"四明狂客"，有"诗狂"之称。代表作有《咏柳》《回乡偶书》等，诗风康健，给唐诗的繁荣开局带来"一花引来万花开"的卓越贡献。

第二卷

盛唐·气象

张若虚：没有故事的孤独诗匠

春江花月夜

春江潮水连海平，海上明月共潮生。

滟滟随波千万里，何处春江无月明！

江流宛转绕芳甸，月照花林皆似霰。

空里流霜不觉飞，汀上白沙看不见。

江天一色无纤尘，皎皎空中孤月轮。

江畔何人初见月？江月何年初照人？

人生代代无穷已，江月年年望相似。

不知江月待何人，但见长江送流水。

白云一片去悠悠，青枫浦上不胜愁。

谁家今夜扁舟子？何处相思明月楼？

可怜楼上月徘徊，应照离人妆镜台。

玉户帘中卷不去，捣衣砧上拂还来。

此时相望不相闻，愿逐月华流照君。

鸿雁长飞光不度，鱼龙潜跃水成文。

昨夜闲潭梦落花，可怜春半不还家。

江水流春去欲尽，江潭落月复西斜。

斜月沉沉藏海雾，碣石潇湘无限路。

不知乘月几人归，落月摇情满江树。

人的一生中，最孤独的是什么时候？

第一反应，总逃不开柳宗元《江雪》里写的"千万孤独"：千山鸟飞绝，万径人踪灭。孤舟蓑笠翁，独钓寒江雪。很冷，很料峭。

但在现实的世界里，孤独不再只是天高地远的空间寂寞，也囊括时间的流逝、灵魂的不融合以及遗忘。尤其是遗忘，没有比遗忘更空白的了。试想，我们以蝼蚁之躯与世界相处，能一念化作庄子《逍遥游》中的大鲲，一翅起，九万里，也能一念穿越到陶渊明的南山，蒲松龄的聊斋，金庸的快意江湖。

假使没有这一念，万般皆空，风波自然不会平地起。

空，就是一种孤独，遗忘则是其中最为辽阔的孤独。

张若虚是一个非常孤独的诗人，在历史上没有留下他的任何事迹，出生年月也不详，只知道他是扬州人，与贺知章、张旭、包融并称"吴中四士"。他留给后世两首诗，值得一提的就是这首《春江花月夜》，被誉为"孤篇盖全唐"。

"孤篇"是一种缺憾，"盖全唐"是以一当百的时代巅峰。

自古以来，有几篇作品能被赞誉为压倒同一时代的其他所有作品？太夸张了，太容易得罪其他作品的追崇者，也难以解释"文无第一"，尽管如此，张若虚还是站在那里，静静地站在唐诗的山顶上。

也许，说"屹立不倒"会更好听，但不真实。在《春江花月夜》中我们可以鲜然体悟到，张若虚没有想当英雄。比起喜欢炫技的王勃，或一心想要投笔从戎的陈子昂，他只是简单地站在那里，却一不小心，站上了山顶。

在人人都想一展胸襟气魄的年代，诗人们恨不能让笔下的边塞横尸百万，血流漂橹，恨不能复刻李白的"危楼高百尺，手可摘星辰"。但他们的诗文，只算"小诗"。讲一件美物，讲一段历史，讲一种情绪，讲一趟旅程，或者，讲述一个文人逼仄的志气。小诗难以突破自我，它所建立的思路机制像穿梭山林的野兔路径，脚印永远落在草丛里，在目光穷极处寻找经典，远不如"心中一念"来得通透，否则就不会有庄周梦蝶。

而张若虚轻飘飘一句"人生代代无穷已，江月年年望相似"直指物换星移的宇宙哲理，杀伤力何其大，只在风平浪静中打了一回，就把其他人击溃了。甚至他只在乎道家思想，从未将其他人视为对手。

那一刻，其他诗人就知道自己是替代不了张若虚的。这场天才之间的游戏，张若虚以降维打击赢得彻彻底底。

既然如此，他为何没能在历史的山野留下一点痕迹？

兴许，世上最好的东西，多半带有延迟性。

在唐宋元三个朝代，张若虚几乎是被人遗忘的，作为一个没有故事的修道诗匠，如果不刻意暴露，只隐匿人间，的确不会被普通人发觉。

直到明代，《唐诗归》评价《春江花月夜》："浅浅说去，节节相生，使人伤感，未免有情，自不能读，读不能厌。将'春江花月夜'五字炼成一片奇光，分合不得，真化工手。"张若虚的诗才开始被人注意，那时已经迟了，所能追溯的历史早已被湮没。

后世，闻一多先生评《春江花月夜》，给予了极高的评价："在这种诗面前，一切的赞叹是饶舌，几乎是渎亵……这是诗中的诗，顶峰上的顶峰。"又说，"清除了盛唐的路——张若虚的功绩是无可估计的。"再往后，我们的课本上，开始出现这首诗。

想读懂一首诗，先读懂诗人，可惜这种方式无法适用于张若虚。现在，我们也只能从《春江花月夜》中去想象盛唐文化的影子了。

想要读懂它，大抵要经历三个阶段。

就如人生有三重境界一样：第一，看山是山，看水是水；第二，看山不是山，看水不是水；第三，看山仍是山，看水仍是水。

初读时，容易迷恋诗中惝恍邈远的春江夜景，淡淡的惆怅，悠悠的迷惘，一觉美轮美奂，无法自拔。

再读，开始察觉诗中"风花雪月"的虚妄，废然叹道："原来'孤篇盖全唐'之作，也不过是对普通人进行的一场'色诱'。"

最终光阴流泻，人在参悟本体与时间关系的过程中，仰望浩瀚，与神对弈，方知那些离愁别绪，不是情丝，而是哲思。他问"江畔何人初见月？江月何年初照人？"，问的不是月，是生死聚散、天然相冲的解决之法。

空谷回音，禅机浮出水面。

禅是孤独的终极，也是诗的终极。当诗走到尽头时，禅还能继续走下去。

慧眼洞世事，向往禅，向往永恒，向往某一种不朽的轮转。在热闹中，在不耐烦的年代里，张若虚做了一个没有故事的诗匠，也做了穷其一生的"求道者"，即便无所得，也足以站上普通人眼中的"巅峰"，滋养出更深邃的精神，得到更深奥的哲理答案。

毕竟，他走过的路，是每一个人都无法绕过的心路。

诗人小传

张若虚（约647—约730年），扬州人，唐代诗人、儒客大家，与贺知章、张旭、包融并称"吴中四士"。生平往事缺乏记载，现存诗作也仅两首，但其中的《春江花月夜》被誉为"孤篇盖全唐"。

孟浩然：无限朝堂远，近是自然最相亲

春晓

春眠不觉晓，处处闻啼鸟。

夜来风雨声，花落知多少。

有人梳理古代诗人的死因，归纳出八种奇异死法。

醉酒捞月淹死的李白，奔波中暑离世的苏轼，被牛肉和酒撑死的杜甫，被皇帝下令就地正法的谢灵运，为自由而割喉自刎的李贽，饮"牵机药"中毒的南唐后主李煜，吃仙丹虚脱的"唐宋八大家"之首韩愈，食鱼引旧疾复发的孟浩然。

谁也想不到，那么惜春的田园诗人孟浩然，居然会死于一场鱼宴。

开元二十八年，孟浩然的身上长了毒疽，病卧襄阳，迁延不愈。两年里，经过多番医治，就在疾病即将痊愈的时候，赶上好友王昌龄路过襄阳。旧友重逢，设宴对酒，秉烛夜谈，听说王昌龄被贬，这一回相遇只是机缘巧合，下一次见面，更不知何时何地了。一时间情难自禁，感慨万千，都化作一场狂食，一番痛饮——这似乎是男人之间的浪漫。

可惜，沾惹鱼鲜、酒水这样的发物，大病复起，如狼似虎，一发不可收拾。

孟浩然就在这份浪漫中病逝了。

唐朝远去，风雅远去，才子佳人远去，舌尖上的《春晓》，如孩提的甜梦初醒，自然真趣，巧夺天工。而今再顾"夜来风雨声，花落知多少"，倏忽间，多了几分若即若离的清凉，哀婉垂荡，似有命定终生的味道。

说孟浩然，跳不过"浩然"二字。当年他的父亲自诩孟子后裔，给儿子取名孟子金句"我善养吾浩然之气"中的"浩然"。他恐怕没想到，一盘鱼草草地杀死了孟浩然，也了结了他对孟家小辈刚强宏大的期盼。

孟浩然从来都不是一个"大人物"，就算在百花齐放的大唐盛世，他也算不上主流诗人。

前四十年，大家都在入仕的路上奔波的时候，他还享受着满山遍野的春意，一边隐居鹿门山，一边游乐山水。他就像一条船，漂流到哪儿，就停滞在哪儿，不争水路，不修边幅，偶尔遭遇暗礁，剐蹭也就剐蹭了，伤痕反而把他塑造成独一无二的稀缺品。

如果你留心细察，就会发现这一叶轻舟拥有自己独特的方向和航道。所谓"一苇以航"，踩着一根芦苇草便能横渡长江，像极了孟浩然的一生，很洒脱，很有生命力。

孟浩然的洒脱，是《送朱大入秦》的"游人五陵去，宝剑值千金。分手脱相赠，平生一片心"。君心如丹心，一路绽放，一路走向盛大圆满，说不尽的风流恣肆。除了对朋友仗义赠剑、拱手千金以外，他喝酒时，也是不顾一切的。

曾经，韩朝宗邀请孟浩然一起去京城，顺便在朝堂上向皇帝举荐他。但孟浩然正在家中与老朋友聚餐，全然忘了此事。

　　有人怕他错失良机，好心提醒："君与韩公有期。"不承想，孟浩然一甩衣袖，醉醺醺道："业已饮，遑恤他！"意思是，我已经喝上了，哪有闲工夫管他呀！如此堂而皇之地食言，惹怒了韩朝宗，一气之下独自进京，当然也不会举荐他了。反观孟浩然，"浩然不悔也"，不把仕途当回事，岂不洒脱？

　　孟浩然的生命力，是《同储十二洛阳道中作》的"珠弹繁华子，金羁游侠人。酒酣白日暮，走马入红尘"。平生漂泊，酷爱山水，"我家南渡头，惯习野人舟"便是他生长的自在。而后在"酒"与"尘"中颠倒虬屈的人生，也显得肆无忌惮。生命之力如潮水一般汹涌而来，势不可当，轰轰烈烈。

　　可见生之所旅，心之所往也。

　　然而，自由之下，波澜四起，矛盾也相生相依。

　　他在《岁暮归南山》中说"不才明主弃，多病故人疏"，表明自己曾有入仕之心，可惜君主瞧不上，抑或是过分的自谦，反生暗讽的意味。总之，皇帝听了很不高兴："朕未曾弃人，自是卿不求进，奈何反有此作！"此话一出，孟浩然入仕之事，似乎也就无限搁浅了。

　　也罢，山水最妙。

　　樵人归尽，暮鸟栖定。有人粉墨登场，宁愿换一场锦衣夜行，也有人得罪朝廷，只为成全旁人所不能及的"清诗风流"。诚然，拥有至真至美的生命，须如纯净无邪的泉眼，容不得杂质。"伴虎"不如看远山生云，听雨啼雷鼓。人间处处情，飒飒三两雨，总有些风景、有些情怀是不曾改变的。他又与李白、王维等大诗人交好，怎怕无友酣饮？

重来，一切清逸。

李白曾说"吾爱孟夫子，风流天下闻"，让一众追随者都黯然失色；杜甫也思念："复忆襄阳孟浩然，清诗句句尽堪传。"可见孟浩然有无惧寒意的勇气，亦有奋力重生的能量。

用什么来慰藉这一颗壮逸之心呢？除了山，除了水，除了田园，除了醉酒，除了篱笆墙边的竹菊、酣睡的鸡豚……孟浩然，用余生作为答案。

> 故人具鸡黍，邀我至田家。
> 绿树村边合，青山郭外斜。
> 开轩面场圃，把酒话桑麻。
> 待到重阳日，还来就菊花。

回归南山的孟浩然，唱出一首浑然洒落又欢快无比的《过故人庄》。他去乡间朋友家做客，不管是"把酒话桑麻"的唠家常，还是"还来就菊花"的重阳邀约，都愈发真率坦然，在静悄悄中趋于统一，变得温和养人。

他决意终身不仕，生活好像更自在、更快乐了。

过去，平步青云的梦一直交织在孟浩然的生活里。现在，他从未如此关注过自己，也从未如此严肃地审视自己与世间的关系。山水作为他生命的参与者，是否能够成为归宿？田园作为世人眼中的劣质选择，是否就不该对它抱有乐观和热爱的态度？

不妨多一点思考，关乎自然万物，也关乎我们自己。

孟浩然回头一望，山一程，水一程，来时路，尽是山水的怀抱。而今归处，为何不能将自己归还给大自然？想想严寒冬日，聚在草舍，食一碗热羹，暖了脾胃也暖了心，想想冬去春来，仲夏鸟啼，守一夜闻雨，浣了屋檐也浣净沧桑的眸子。除此以外，又有哪里能容得下他逸兴遄飞的性情和个性？

"红颜弃轩冕，白首卧松云。醉月频中圣，迷花不事君。"

世间最包容，唯有自然。

枕花而眠，蛙声入梦，河鲜美酒牵走了他的魂，让他从山间来，回山间去。在无人察觉的角落，一树春花开得正好。

诗人小传

孟浩然（689—740 年），字浩然，号孟山人，襄州襄阳人，唐代山水田园派诗人，与王维并称"王孟"。早年仕途困顿，随后修道归隐。在艺术上造诣极高，诗风清淡自然，被认为是盛唐山水田园诗派第一人，也是"兴象"创作的先行者。

王之涣：大唐"版权富人"

凉州词

黄河远上白云间，一片孤城万仞山。

羌笛何须怨杨柳，春风不度玉门关。

在中国古代，诗、歌、乐、舞是合为一体的，诗词最早也是通过"唱歌"的形式流传开来。所以，古时候的一部分诗词，可视作现代的流行歌词。

比如，耳熟能详的"明月几时有？把酒问青天。不知天上宫阙，今夕是何年"，宋代苏轼著名的《水调歌头》，可曾想过，它为何取名"水调歌头"呢？

"水调"，本就是一首曲，是当年隋炀帝杨广开凿汴河的时候亲自作的曲子，成为宫廷用乐。"歌头"，就是苏轼摘了这首"曲之始音"的首章片段，另倚新声。

当然，以此类推，《水调》的歌腰、歌尾应该都被唐人翻新重唱过。《水调》从隋传入唐后，经久不衰，它满足了音节、声调和韵律的要求，后人可以按乐填词，谱写更为凝练的、充沛的情感语言，来呈现丰富的想象力，创造更天马行空的精神世界。不得不说，杨广被评为"虽不是一个很高明的政治家，却是一位绝好的诗人"确实有道理，他在文艺审美方面要比政治治理强得多。

前有王昌龄在《听流人水调子》里哭诉此曲的声韵悲切："岭色千重万重雨，断弦收与泪痕深"，后有白居易《听水调》之感："不会当时翻曲意，此声肠断为何人"。转眼到了中唐时期，唐玄宗也曾在动荡奔逃之际，听见歌者吟唱《水调》，潸然出涕。到了悲凉的晚唐，罗隐为《水调》做了一句令人扼腕的总结："若使炀皇魂魄在，为君应合过江来。"

曲寿比人长，闻歌不见人。

轮到王之涣，也一样。

《唐才子传》将王之涣的风流倜傥写实："少有侠气，所从游皆五陵少年，击剑悲歌，从禽纵酒。"对富有少年感的王之涣来说，一个"侠"字，就是人生在世的奥义，势必让他全力以赴地热爱生活中的曼妙。

此外，《唐才子传》还肯定了他的作词天赋，"为诗情致雅畅，得齐梁之风。每有作，乐工辄取以被声律。"不论他走到何处，每写一首诗，都会被"追星族"乐工编成曲子，其受欢迎程度一度使"幡发垂髫，皆能吟诵"，如果是现代，一定稳居华语乐坛榜首。

值得一提的是，他没有利用"明星光环"，确凭实力碾压四方。列举《集异记》中旗亭画壁的故事，证明王之涣确有功力。

话说开元年间，河清海晏，物殷俗阜，民间歌舞伶官的梨园，歌声不断。残冬的一天，飞雪迎春，王之涣与王昌龄、高适结了伴，去旗亭煮酒小酌，醺酣暖身。正喝着，酒楼里突然进来一群彩妆锦裳的戏子舞女，眼瞅他们往楼上走。原来楼上有人摆宴请客，请来了"鱼龙百戏"的班子表演。

在唐朝，民间的鱼龙百戏很盛行，幻人吐火、胡旋舞、舞狮子等都包含在内，一般在节日和各种宴会上尤为常见。

三位诗人喝完酒，并未退场，反而避开宴席，躲在一旁，依偎着炉火观赏杂戏。

恰好此刻，陆续走过四位妙龄歌姬，钿头金篦，绸裙奢华，红彤彤的灯火酒气将妆面熏照得颇为妖冶妩媚。未等缓过神来，又听楼上奏响了名曲，一派奢贵。

王昌龄突然提议："我们三人都擅长作诗，名声早传遍民间，但始终难分伯仲，不如借今天偷听歌舞表演的机会，听一听谁的诗词被选入唱曲的次数最多，就算谁夺魁。"

片刻，有一歌姬开唱："寒雨连江夜入吴，平明送客楚山孤。洛阳亲友如相问，一片冰心在玉壶。"

王昌龄伸手在墙壁上画了一道，笑说："我的诗，绝句一首。"

不多时，又有一伶人的歌声传来："开箧泪沾臆，见君前日书。夜台今寂寞，犹是子云居。"

闻声，高适在墙上画了一笔，也说："我绝句一首。"

接下来，有人唱："奉帚平明金殿开，且将团扇共徘徊。玉颜不及寒鸦色，犹带昭阳日影来。"又是王昌龄的诗作，他得意道："我的绝句，第二首了。"

三首歌唱下来，却没有王之涣的诗词。

王昌龄和高适看着王之涣，准备拿他打趣，却见他不慌不忙地说："这些衰颓伶人啊，唱的都是'下里巴人'的词作，阳春白雪的曲子，这等俗物岂敢接近呢？"

他伸手，指了指一个梳着双鬟、身着紫缎的歌姬，姿态绝伦，可谓座中最美。

"你们别着急，等这位压轴的歌姬开唱，若是没唱我的诗词，我就一辈子都不和你们争衡高下。但她若唱了我的诗……"王之涣补充，"你们就得拜在我的门下，奉我为师！"

王昌龄和高适都不相信，反而调侃起来。

须臾，那女子站到堂中，三人竖起耳朵听她唱："黄河远上白云间，一片孤城万仞山。羌笛何须怨杨柳，春风不度玉门关。"

节奏鲜明，音律和谐，气韵瑰丽，果真是王之涣的《凉州词》！

他立即还口："你们两个乡巴佬，还以为我刚才胡说八道呢？"三人耍笑成一团，声音惊动了宴会中的人。客中伶人走过来询问，惊觉是名闻八方的才子，赶忙拜礼："我们俗眼不识神仙，请您屈尊一起赴宴吧。"他们应邀入座，一醉方休。

此后，旗亭画壁一事，让王之涣的名声彻底远扬于王昌龄和高适之上。

少年的才华与盛气，悉数化入他传世不多的六首诗作当中，而最具代表意义的，当属《登鹳雀楼》：

白日依山尽，黄河入海流。

欲穷千里目，更上一层楼。

读他的诗词，开阔无垠，润而不燥。于诗中，似乎望见了连绵山峦、浩渺烟霭、亭台楼阁、流船飞鸟、高峰平坡……长河万里，高楼耸然，颇似一曲壮丽辉煌的长歌。

在风流中，浅斟低唱。王之涣，令人震撼不已。

非老者之恒静，太暗淡；亦非帝王之戾气，太刺眼。在对整体表现力的把控上，岂不只有怀着少年心的人，才有这般天然、蓬勃、恣意的感知力吗？

如今，古调歌声虽俱为云烟，诗作却流传了下来。古今在盛唐盛景中相逢，酝酿出一怀心事，渗入世间的人情世故，终将大唐精神一饮而尽，让神来之作斐然灿烂，犹可使今人透过时光的缝隙，一窥大唐风貌。

这，才是一个朝代的少侠歌声，也是一曲歌声最迷人的地方。

诗人小传

王之涣（688—742年），字季凌，绛州人，唐代著名的边塞诗人之一，与岑参、高适、王昌龄并称"唐代四大边塞诗人"。诗作大多被制曲歌唱，轶事"旗亭画壁"流传千古，代表作有《登鹳雀楼》《凉州词》等。

王维：以心为盾，佛魔人间

山居秋暝

空山新雨后，天气晚来秋。

明月松间照，清泉石上流。

竹喧归浣女，莲动下渔舟。

随意春芳歇，王孙自可留。

一个日益浮躁的时代，追求新奇的文辞总是数不胜数。从朝廷到乡间，从五色斑斓的名贵绸宣，到总角老骥的口口相传……我们却鲜能找到一份独属于隐士的质朴和内秀，少了噱头，便容易对真正的高手视而不见。

即便如此，国人骨子里对快节奏的焦虑、对隐逸的偏爱、对低调的青睐，却从未间断。

一旦有幸相逢，譬如走入了典籍，听见了"明月松间照，清泉石上流"的环佩叮当，遇见了王维，便会停驻，憧憬着慢节奏的质感，细细聆听、感受、品味。

如今，我们拨开丛丛山水，在纷扰的尘世保持宁静从容，试图深入王维的精神内核，读懂他的高山流水之作，也读懂一个以

"本心"为生的千年大家。

长安元年，王维出生在平静不失繁华的蒲州城。母亲为他取名"维"，字"摩诘"，合起来就是维摩诘。维摩诘是早期佛教中一位菩萨的名号，有清净、无尘的意思，这一寓意也冥冥中贯穿了王维的整个人生。

佛教在隋朝有了长足的发展，仅隋文帝仁寿年间就修建了一百多座舍利塔，等进入唐朝之后，又得到了女皇武则天的推崇。"教人向善，安于现状"的宗教影响力，像一只无形的大手，几乎覆盖全国。现代的我们，依然能看到唐朝佛教兴旺的影子，雍容华贵的鎏金莲花座菩萨像、体态丰腴的绿釉佛像、敦煌石窟中的唐代壁画等等。

年幼的王维受佛教影响很深，日常只吃素斋，不沾荤腥，就算精通琴乐书画，也毫无骄意，生性静好。

少年时，岐王赏识王维的才艺，领他去玉真公主的府邸弹曲唱诗。一曲琵琶声动人，公主醒了醒神，转头询问岐王："弹琴的人是谁啊？"

岐王卖起关子："是知音呢。"

玉真公主又起身相问："这首新曲儿，叫什么名字呢？"

"名曰《郁轮袍》。"王维回答道，并献出随身携带的诗卷。

不鸣则已，一鸣惊人，手捧墨宣的玉真公主吃了一惊："这不是我平日里研读的诗文吗？还以为都是些前人古迹，没想到是出自你手的佳作啊！京城若能有你高中状元，实乃大幸！"

得到皇亲贵胄的一手力荐，王维二十岁便高中状元。

换作一般人，早就狂出天际，但王维在最意气风发的青葱岁月里，也仅写下"新丰美酒斗十千，咸阳游侠多少年。相逢意气为君饮，系马高楼垂柳边"这样生动活泼的《少年行》，并没有过分炫耀或性情大变。

他的平静，犹如一座大山压住了盛唐的傲气。

初入仕途后的四年，王维逐渐发觉官场的气息与自己不合。即便口耳相传"学而优则仕""居庙堂之上"，他也不愿违背本心，偏要将自己拉回江湖，拉回到普通人的生活中。

"行到水穷处，坐看云起时。"王维不看好当下的官场形势，决心半官半隐：一边挂着闲职，一边在蓝田修建供自己清养的园林宅第。

蓝田，也就是李商隐"沧海月明珠有泪，蓝田日暖玉生烟"中提到的地址。人杰地灵处，自然少不了水木明瑟的清旷庭宇。于繁忙的生活中，亲手开垦一亩心田，以温柔的仪式感，让那些平淡的日子也认真起来。

可是，"彩云易散琉璃脆"，安史之乱开始了。

万军雷倒，烽火苍茫，尽情享乐的达官贵人忧愁满面，令人不由自主想起王维所吟"圣代无隐者，英灵尽来归"。他说，隐士不会在圣明的时代存在，也就暗指当今皇帝不贤明，看来，他早就料定了大唐的悲剧。

覆巢之下，焉有完卵。安禄山在反叛途中，捉到王维，并逼迫他担任伪官[1]。王维不愿意，甚至服了药，假装变成哑巴，才逃过一劫。

---

1 在伪政府里担任的官职。

安禄山没辙，把王维软禁在普施寺，转身率领一帮叛军去凝碧池设宴玩乐。

软禁中，梨园的艳曲犹在耳畔。王维痛悼赋诗："万户伤心生野烟，百僚何日再朝天？秋槐叶落空宫里，凝碧池头奏管弦。"这首诗，在安史之乱被平息后，作为自证清白的证据，竟救了他一命。而其他没有证据又被迫任伪职的官员，全部被论罪了。

这种大变革、大动荡的经历，使王维亲眼见证了朝代更替的无常、官场的黑暗和战场的残酷，这一汪清泉似的男人，更倾向隐居了。

有时候，人生的选择真的很简单。

雨中山果落，灯下草虫鸣。眼前，不过一茶铛、一药臼、一经案、一绳床，却有说不出的熟悉与亲切感。一颗本心，穿越古今，气韵流动，勾连起数千年的美与意境。溪谷、亭台、繁花、散布着的茂林修竹，天人合一的东方画卷，仿佛一切都能被融入这份山水美学中。

此刻，天地间的一串串山水都只属于他自己。在氤氲的水汽下，在朦胧的灯火下，在某种言之无穷的情愫带领下，以"本心"为核心，探索着修禅论道在山水生活中的更多可能。

"人闲桂花落，夜静春山空。"他通透极了。

代代耕耘，若论历史的厚重与文化追求，唐朝的诗人已然把前人的精髓都研磨成了一点一滴的墨汁，几乎到山穷水尽的地步。可是若论文化之外的东西，比如禅，比如更高的智慧，就陷入一片茫白的窘境。

而在传统的处世美学中，淡然、透净、宁静，一如既往地饱含着更深层次的内涵。

王维就一人独步在这广袤的、几乎无人来访的人间迷谷，拈花一笑，风雅不言而喻。

世有"李白是天才，杜甫是地才，王维是人才"的说法，王维被称为"诗佛"，自有道理。李白是天仙，杜甫是垂怜人间，只有王维有人性本心中的那一抹空灵意境，放大了，就体现在诗、画、曲中。

苏轼曾说："味摩诘之诗，诗中有画，观摩诘之画，画中有诗。"这是非常高的评价。我们看"初唐四杰"的王勃，画楼的功夫高超一绝，但只能算"诗中有画"，不能说"画中有诗"。诗，心画也。

再读王维的《鹿柴》：

空山不见人，但闻人语响。
返景入深林，复照青苔上。

灵动脱俗，诗画一体，境界自显，高下立判。

明代陈继儒在《小窗幽记》中提到："凡醉各有所宜。醉花宜昼，袭其光也；醉雪宜夜，乐其洁也。"说的是古人饮酒，要讲究酒与景物之间的照应。王维的诗虽无酒气，但其雅气也恰如其分。

观王维，诗如鲲鹏，既能与谷雨清明唱和，亦能与佛祖对谈，修炼心性的极致大抵如此。

隐士，都有一颗玲珑心。

回归自然，便是回归自己。王维选择了隐士的生活方式，也就选择了与之相契的态度和精神。山水有灵，再寡陋的窗棂，也能透过辽阔深沉的天地美景；一间野屋，再浑简的质朴，也恰如无言之后的"复得返自然"。

我们以为的不精致，其实经历了造物主和匠人的千锤百炼，找寻到了自我存在的最佳形态，终于不朽了。亘古无言，却如知己，简单隽永，这般归真。

如此耗时，才得一方雅致的水土。

如此费心，才得一位千古的王维。

宠辱不惊，闲看庭前花开花落；去留无意，漫随天外云卷云舒。这是古代隐逸者的自白，也是一种超脱的处世智慧。

诗人小传

王维（701—761年），字摩诘，号摩诘居士，河东蒲州人，唐朝诗人、画家，与孟浩然合称"王孟"，世称"诗佛"。"诗中有画，画中有诗"的文学特色使他的诗作别有意境。一生学庄信道，精音律书法，还懂篆刻，几是全才，世有"李白是天才，杜甫是地才，王维是人才"的说法，常与李白、杜甫并提。

王昌龄：黄沙漫天，大漠孤星，架起笔与剑

出塞

秦时明月汉时关，万里长征人未还。

但使龙城飞将在，不教胡马度阴山。

野云连城郭，旷野雾茫茫，秋风卷白草，沙漠雪纷纷。王昌龄牵着瘦马，赴河陇，出玉门。逆行于风尘中，他走到河边，蹲下来，掬一捧浑水擦拭脸上的沟壑。

仰首，哀鸣的胡雁从不着边际的天空掠过，声声凄婉；低头，关外的寒流也裹挟着沙砾窜入疲惫的靴。不知苦闷行军的途中，曾换了几双破靴。

摸摸行囊，里面还剩半块粗糙的干粮，顺利的话，兴许能撑到边疆。但运气不好时，他只能渴饮马血，生吃马肉，揪着野菜啃，把盐巴当成救命药，在遭遇突袭和恶劣天气前，还得早先找到落脚点，以免沦为一具"无定河边骨"。

这就是 1300 年前唐朝的关外景象。

说起隋朝的祚短，宋朝的软弱，被公认为中国古代最鼎盛的唐朝，边塞情况也不过如此。

唐朝的开元盛世，虽然迎来了史上最强盛的春风，但从始至终，战争不休。烽燧的背后，是数百万唐兵把大唐的疆域开拓至1076万平方公里，东临哥勿州，西及安息州，南至罗伏州，北括玄阙州。广袤的大唐国土一度跨越了黄河太原，横扫突厥族，继灭高昌、吐谷浑、南诏、薛延陀……

在斑驳古朴的边疆，粮食是青稞、沙枣、粟黍，鲜少能吃上野猪、黄羊、骆驼，所谓的"兵马未动，粮草先行"从来都是一句梦话，根本不切实际。将士们亲自开垦荒地，一边戍守，一边打猎，甚至连"酱菜""干菜叶"都能作为礼品赠送，生活简直苦不堪言。他们用一双双粗糙的手，在方寸间立下信言，留下难以磨灭的痕迹，也成就博大气象。

饮马渡秋水，水寒风似刀，身体的劳苦倒是次要，只怕心苦。

"壮龄应募，华首未归"，一些将士老去了，年年岁岁，远眺中原。年迈的心也曾来自年轻的中原州域，最后却只能写成一封永远寄不出的家书："春景渐芳，暄和未尽，不委如何……"一份珍藏的感情，是一种亲昵与情感，也是一种庇佑与守护。

王昌龄太熟悉这片土地上壮阔的悲伤了。黄尘足今古，白骨乱蓬蒿，在大唐的边疆，尸体就是界碑。

这一年，他才二十七岁。

此前，王昌龄曾在嵩山学道，出山不满两年，就义无反顾地参加唐军，前往西境的襟喉——玉门关。《周书·高昌传》曾叙述玉门关的恐怖景象："自敦煌向其国多沙碛，道里不可准记，唯以人畜骸骨及马粪为验。"那时，玉门关还流传着"马迷途"的传说，丝绸商队经常迷路在黑暗的沙漠里，就连识途的老马也会晕头转向。

但是，一寸山河抵万金，国土之地，寸步不让。

自从入关，王昌龄就被震荡与更替的战争痕迹深深震动了，边塞古城，玉门雄关，巍峨处，自当配以男儿最远大的爱国胸襟。他出生贫穷，血勇犹在，便喷薄出"燕雀安知鸿鹄之志"的豪言：

> 青海长云暗雪山，孤城遥望玉门关。
> 黄沙百战穿金甲，不破楼兰终不还。

这是"男儿到死心如铁"的英雄气概。当一个人在心中刻下信仰，耐得住光阴，就能使自己的态度和信条成为万世流转的最坚固的印记。

"去时三十万，独自回长安。"为了大唐百年太平，他负重选择了一条最艰难的道路。

每晚，他都能瞧见天边的月，一点点变缺，再盈满起来。温柔月光像家乡的湖泊，挥洒在大漠干燥寒冷的夜晚，四周尽是呼哧呼哧的风声，听得久了，辗转难眠，容易萌生出一种生死无依的惶恐，荡来荡去，不禁教人十分怀念玉门关内的安定。

到了新年的春夏，外族骑兵试图吞噬疆域，如潮水般汹涌而来。面对万马奔腾，王昌龄敏锐，有胆识，他怀着耿耿孤忠、满腔热血，在处境日危的叛乱中立身杀敌，冲锋陷阵，唐军最终大破吐蕃军，斩获数万。

边陲岁月是最孤苦的，也是最熠熠生辉的。

满两年，班师回朝。

王昌龄隐居了一小段日子后，在开元十五年参加科举，三十岁高中进士，被授予秘书省校书郎的职位，正式进入了官场。

身处官场期间，因事获罪，被抓过，也被放过，就这样兜兜转转过了十七年。

仕途不畅时，他也曾放浪形骸，可是醉酒消愁的避世，只是表面罢了，内心仍是积极："洛阳亲友如相问，一片冰心在玉壶。"

四十七岁那年，他被调往江宁。唐朝功臣岑文本的重孙岑参是当时有名的诗人，为他写了一首饯别诗，叫《送王大昌龄赴江宁》，"惜君青云器，努力加餐饭"这一句常被今人误作笑话。正经来看，诗句不仅表达了对王昌龄的个人关怀，也道出了天下贤士对"君门远"的无奈。

过了四年，王昌龄又被降为龙标尉。李白曾为王昌龄写过一首诗，《闻王昌龄左迁龙标遥有此寄》：

> 杨花落尽子规啼，闻道龙标过五溪。
> 我寄愁心与明月，随君直到夜郎西。

"左迁"是被贬的意思，这首诗正是李白听说王昌龄被贬时所作。"子规"是杜鹃鸟，啼鸣之声非常哀婉。"五溪"指的是武溪、巫溪、酉溪、沅溪和辰溪，形容路途遥远。而"夜郎西"则是离长安遥远的西南地区，属于蛮荒之地，一些囚犯常被押送到这里。可怜，王昌龄回到中原并没有获得什么荣誉，反而一再被贬，抱名器而蹀躞，真是命途坎坷。

夜郎的风吹散了山云，也吹凉了他的眉宇。闲暇时，在山中踱步，他吟："沅溪夏晚足凉风，春酒相携就竹丛。莫道弦歌愁远谪，青山明月不曾空。"前两句，还在强颜欢笑着描画飘然入夜的清雅之感，后两句便忍不住了，只得用青山明月来消解被贬谪的苦楚。

到了至德元年，安禄山倒戈中原，攻陷洛阳，自封"大燕帝"，率叛军直扑长安，烧杀抢掠，残害百姓，大唐也因此开始由盛转衰。

这时，五十九岁的王昌龄老了，热血已凉，杀伐太重，既不能弯弓跨马，也无法从军诛叛，就连阁楼内的宝剑都已经生锈了。他只好辞去官职，准备离开龙标县，回乡养老。出行只需乘一叶扁舟就好，轻装简行，往江东的方向去。

至德二载，王昌龄已经花甲之龄了。十月，这年冬天来得很早，甚至下了雪，森寒的气候似乎想透露些什么，但没有人能猜到。

就像没有人猜到，王昌龄途经亳州，竟会被当地刺史闾丘晓杀害！

究其原因，史料缺略，没有留给我们一个合理的解释。

幸而恶有恶报，闾丘晓很快就被杖杀。行刑前，闾丘晓求饶道："有亲，乞贷余命。"意思是家中还有亲人需要赡养，祈求对方留下自己的性命。结果，对方怒问："王昌龄之亲，欲与谁养！"

是啊，六十岁的高龄没能寿终正寝，没能安稳地死在儿孙环绕中，也没能看见安史之乱终被平叛——这实在不该是"开天圣手"王昌龄的结局。

悲剧之下，什么才可以慰藉人心？是"诗天子"的美誉，是唐诗七绝压卷的《出塞》，是王世贞评论"少伯与太白争胜毫厘，俱是神品"，还是《诗镜总论》里说"昌龄得之锤炼，太白出于自然，然而昌龄之意象深矣"？

迟到的盛名，从来都不能拯救昔日的扼腕。

千言万语唯寄来生，盼君幸福。

诗人小传

王昌龄（698—757 年），字少伯，河东晋阳人，唐代著名边塞诗人，有"诗家夫子""七绝圣手""开天圣手""诗天子"的美誉。早年投笔从戎，后因被人所忌而死。开创了边塞诗，诗文绪密而思清，代表作有《从军行七首》《出塞》《闺怨》等。

李白：一跃侠客浪漫天，掬起大唐明月魂

侠客行

赵客缦胡缨，吴钩霜雪明。

银鞍照白马，飒沓如流星。

十步杀一人，千里不留行。

事了拂衣去，深藏身与名。

闲过信陵饮，脱剑膝前横。

将炙啖朱亥，持觞劝侯嬴。

三杯吐然诺，五岳倒为轻。

眼花耳热后，意气素霓生。

救赵挥金槌，邯郸先震惊。

千秋二壮士，烜赫大梁城。

纵死侠骨香，不惭世上英。

谁能书阁下，白首太玄经。

每个人心中，都有一个李白。

余光中说："酒入豪肠，七分酿成了月光，余下的三分啸成剑气，绣口一吐就半个盛唐。"

这还不够，差点人间味道。又有一位大学教授道出心声，讲明了李白和普通人的关系："他能够把人们心中想到，可是讲不出的那种感情，或者是能讲，却讲得不太好的那种情况变得非常美丽，叫人家感觉到不仅把我的话讲出来了，而且几百倍几千倍地比我的好。所以宁肯念他的诗来表达我的感情。"

中国人是忘不了李白的，他已然变成国人精神生活的一部分。

但遗憾的是，很多人只知道李白的后半生。其实，前半生的李白不是"诗仙"，而是一位游侠。

俗话说，有权谋而无侠义者称"老贼"，有侠义者才能称"英雄"。

"侠"这个概念，起源于先秦，是门客、说客、侠客、刺客这四类人的综合体。天下愈混乱时，侠客愈多，譬如烽火纷乱的东汉末年，游侠四起，他们和文、理、武、艺、工、商、农一样，都是历史文化中的一类特殊群体。然而，年轮转到清淡飘逸的魏晋之时，游侠们也就如夜蝠一般，隐匿到俗世山洞的深处去了。

到了唐朝，民间重新流行起"任侠之风"。

在繁荣开明、思想解放的社会，侠义精神被再次点燃，人的胸襟自然而然开阔——视野被高级文明打开，不通大义的儒生被鄙视，前朝的文学也不再被欣赏。李白这样审美品位极高的艺术天才，尤其厌恶旧朝风气，他更喜欢陈子昂那种"以风雅革浮侈"的铮铮风骨，有"侠"的味道。

"梁陈以来，艳薄斯极，沈休文又尚以声律，将复古道，非我而谁欤？"这是李白的呼声。

他的一生都在追求大气，都要侠义。

可是，侠义对于现代人而言是炫酷，在古代，"侠"一般是不被接纳的，"权、术、势"才是主流。想象一下，如果你是一个贵族门阀的纨绔，每天锦衣玉食，天天喝酒遛马，突然有一天，你被两个自称侠客的平民逼到墙角小巷，惨遭一顿痛打，又或是被某个不知名的侠客写了讽刺的诗，闹得满城风雨，是什么感受？

毕竟，统治者都极度厌恶不安定的因素，独立的思想意识极可能打翻他们手中的利益饭碗，所以，在等级森严的传统观念里，以下犯上就是大逆不道。这也注定了李白一生都无法取得多么强悍的政治功绩。

令人喜忧参半的是，越是在利益面前不受宠，往往越能在文明上开辟无与伦比的新天地。

在汉魏诗歌里崭露头角的"游侠"，终于被带出原始森林，植落在盛唐的奇峰上。这个鼎盛之至的古老时代，守护着"纵死侠骨香，不惭世上英"的侠客们。从人到诗，经千百年世俗法则的洗礼，汲取天菁地华，在自我、外物、生存和精神之间找到了完美的平衡。他们用颇为辽阔的遒劲气韵，撑起整个盛唐。

紫气东来，侠客们的"任侠精神"一度成为唐朝习尚，"侠"在《全唐诗》中受到的美誉，更是不胜枚举。

何为任侠？

具体点说，就是李白的"十步杀一人，千里不留行。事了拂衣去，深藏身与名"；是骆宾王的"少年重英侠，弱岁贱衣冠"；是王之涣的"击剑悲歌，从禽纵酒"；是孟浩然的"少好节义，喜振人患难"。

何为任侠精神呢？道之所在，虽千万人吾往矣；义之所当，千金散尽不后悔；情之所钟，世俗礼法如粪土；兴之所在，与君痛饮三百杯。

饥不从猛虎食，暮不从野雀栖，这种让独裁者难以望其项背的精神气质，便是任侠精神。

唐朝的任侠榜单上，一定有李白的名字。

传说李白诞生的那一年，"母梦长庚星而诞，因以命之"，母亲在梦中见到太白金星，于是给腹中孩子取字"太白"。隐藏着仙气的名字，似乎为李白带来了某种与生俱来的天赋，五岁诵六甲，十岁观百家，十五观奇书。他曾梦见自己"笔头生花"，后来天赋超人，名闻天下。

年少时，李白也是一个轻狂少年，梦想是做一名"任侠"，以侠义自任。

在盈篇满籍的盛唐，少年天才如雨后春笋，层见叠出，屡见不鲜。但李白没打算当一个只会写诗的神童，反而爱上了剑法，传奇人生也就此展开。

相传，李白十五岁的时候，跟随唐朝著名的"剑圣"裴旻学剑。裴旻这个人有多厉害呢？《独异志》记载，裴旻把宝剑扔出数十丈高，单手拿着剑鞘，等宝剑掉下来，恰好直入鞘内。王维盛赞裴旻："见说云中擒黠虏，始知天上有将军！"唐文宗还将裴旻的剑舞、李白的诗、张旭的草书御封为"三绝"。

在剑圣的教导下，李白勤学苦练，剑有所成。据说他偏爱打抱不平，曾经手刃数人，算是踏出了成为任侠的第一步。

野史多荒谬，不一定是真相。但在他亲手写的自白《与韩荆州书》里，一定能看见最真实的李白：

"白，陇西布衣，流落楚汉。十五好剑术，遍干诸侯。三十成文章，历抵卿相。虽长不满七尺，而心雄万夫。皆王公大人许与气义。"

少年负壮气，奋烈自有时。王公贵胄都赞许李白的雄心壮志，他的仁义气概显然胜过常人。而李白究竟有没有杀过人，我们不得而知，但十五练剑、访遍名臣、文章大成……的确都是无疑的事实。

开元十二年，唐玄宗李隆基在位。二十四岁的李白，刚刚结束了他在蜀地的游历。"仗剑去国，辞亲远游"，他又要出发，读万卷书，行万里路，把任侠的每一步走得踏踏实实。

游蜀地，至峨眉，散发扁舟下渝州。南扬州，北汝州，安陆寿山迁居留。三年的漂泊，让李白认识了很多人，也结识了宰相许圉师的孙女，并迎娶她成为自己的结发妻子。

有人说，李白贪慕虚荣，当了宰相家的赘婿。可是，从二十七岁到三十七岁，"浪子"李白在安陆待了整整十年，直到妻子去世。

十年，若非心头爱，何居异乡家？何况许圉师只是一个退居幕后的宰相，家道中落，已经没什么家底了。像李白这样的聪明人，断不会如此愚蠢，而且，这种行径与他一生寻求的"侠道"相斥。

"酒隐安陆，蹉跎十年。"三十多岁的李白，穷困潦倒了十年，落魄至极的时候，也曾与市井之徒厮混。但这只是表象，李白尚且狼狈如斯，草莽庶人又何尝能拥有藏芒不露的智慧？

有人问，李白为何没有高中状元？没有去当官？

其实，他连科举考试都没有参加。究其原因，有两条隐形的绳子一前一后捆住了他的翅膀。

第一条绳子，是唐朝的科举制度。

唐时大多数考生都要经过地方的选拔，也叫"乡贡"，在接受了严格的选拔审核之后，才具备赶考的资格。而且因为"重农抑商"的缘故，唐朝商人的地位低下，外地人、僧人、道士、囚犯以及商人的后代，都不得参与科举考试。

第二条绳子，是李白的出身。

他的父亲李客，是一个商人，又犯过法，这两条黑历史直接将李白剔出重围，让他空有一身惊天才华，却度着暗无天日的时光。如此璀璨的年代，而立之年的李白没能实现一番成就，实在令他感到耻辱。

耻辱就像一颗种子，或腐烂，或开花。

开元二十三年，李白快四十岁了，再不做点什么就真的没机会了。

这一年，唐玄宗外出狩猎，李白有机会向圣上献赋，当即呈上自己所作《大猎赋》，"大道匡君，示物周博"好不气派——"献赋"是除科考以外，几乎唯一的谋仕之法。

经此一事，唐玄宗隐约记下了他的名字。李白乘胜追击，游历长安时，又向玉真公主献《玉真仙人词》，"玉真之仙人，时往太华峰"一句，与后来写给杨贵妃的"若非群玉山头见，会向瑶台月下逢"皆含仙气。作为万人之上的公主，看腻了贵气和大气，此时，李白特有的仙气，助他冲出了重围。

而与"一花引来万花开"的老熟人贺知章的交往也是同样的

道理。贺知章是个喜欢交朋友的老头，开朗风趣，李白也爱交友，又都喜欢喝酒，两人一拍即合。贺知章盛赞李白是"太白金星"转世，从此，李白坐实了"谪仙人"的称号。

跌入低谷后的反弹之势，来得异常迅猛！

天宝元年，在玉真公主和贺知章的夸赞下，唐玄宗动摇了。在翻阅李白的诗文之后，玄宗不只是动摇，甚至是崇拜！他不再计较李白的身份背景，迫不及待地召他进宫，只想一睹诗仙风采。

就在这时，不知道什么原因，四十多年一事无成，而今终于碰到金枝，他竟在皇帝面前摆起了架子。

"以七宝床赐食于前，亲手调羹。"瞧瞧，咱们的诗仙李白睡在七宝床上，吃着皇帝亲手端来的羹汤，古往今来都没人敢这么做。再看"杨贵妃磨墨""高力士脱靴""玄宗呼之不朝"这些小事，就更不值一提了。

好景不长，安史乱起，马嵬坡下"六军不发"，众军逼杀杨贵妃，玄宗手里的大唐由热转凉。

接过这个烫手山芋的是太子李亨。动乱局势下，他趁机登基，使玄宗被迫坐上了太上皇的虚位。不过，李亨还有一位手握大权的兄弟，永王李璘。李璘面对玄宗控制的旧朝廷，以及李亨建立的新朝廷，要迅速做出选择。"鱼和熊掌不可得兼"，拥有军权却无政权的他，本身就是怀璧其罪。

最后，李璘做了一个错误的选择，不仅害死了自己，还差点害死李白。

至德二年，李璘选择听从父王玄宗的命令。

这似乎是一个最稳妥的选择，也是一个理所当然、没有争议的正确决定。李白也是这么认为的，所以，当李璘欣赏他的才华、拉他入伙的时候，李白义不容辞地同意了，担任了江淮兵马都督从事。

在永王军营里，他还写了《永王东巡歌》："永王正月东出师，天子遥分龙虎旗。楼船一举风波静，江汉翻为燕鹜池……"

当时，李白的影响力很大，他加入永王李璘的军幕，无疑向世人证明：李璘才是真正听命于唐玄宗的人。

对立派的李亨坐不住了，他一口咬定李璘是叛党，仗着新皇帝的身份对李璘展开围剿，很快，李璘便在江北大战中惨遭射杀。随后，李白锒铛入狱，流放夜郎。

夜郎位于黔地，僻处大山，蛮夷之地，遍地荒废，治安和生活条件都很差。如果说长安是五彩缤纷的锦衣乐舞，那么夜郎则是尸骨遍野的黑暗地带了。

乾元二年，李白留在了夜郎，是年五十七岁。

一直以为所谓"李唐天下"的"李"，是包容着李白的"李"，也信了电影《妖猫传》那句："李白，大唐有你，才是真的了不起。"但是，在迎着光的历史潮流背后，侠以武犯禁，不被大唐所容，所以，李白潦倒的前半生不允许被记忆，后半生的辉煌只是过了期的侠义。

消逝的酒气颠倒了庙堂众生，也灌醉了自己，沉水捉月似乎不是浪漫，倒像是在告诉他：大唐的"李"，永远是李家的"李"。

大起大落的人生，极易摧垮普通人的心智。幸运的是，李白的身上总有一种洗不脱的洒脱快意，这可能和他命途多舛的人生以及"任侠精神"密不可分。

两年后，赶上天下大赦，李白终于逃离夜郎。乘舟东下江陵时，他畅快地写下《早发白帝城》：

> 朝辞白帝彩云间，千里江陵一日还。
> 两岸猿声啼不住，轻舟已过万重山。

这样的畅快，总是短暂又令人唏嘘。

又三年，李白六十多岁。年迈病重的他，留下绝笔《临终歌》后，与世长辞。

> 大鹏飞兮振八裔，中天摧兮力不济。
> 馀风激兮万世，游扶桑兮挂左袂。
> 后人得之传此，仲尼亡兮谁为出涕。

长歌当哭，在颓然的老年时代，李白心中充满了"后人得之传此，仲尼亡兮谁为出涕"的绝望。没有知音，没有实现"济苍生、安黎元"的梦想，也没有人会为他的消逝而哭泣。当世者，把他当作政治上的辅助工具，后世者的研读，又难免罩上梦幻的心理色彩。

在李白心中，最大的悲哀莫过于从来没有人真正理解他。

他的《临终歌》始终没有被人在意，或许，人们也不愿去读懂。

白月光只有映照在最美好的韶华里，才永远让人"举头望明月，疑是地上霜"，永远怀念。

唐诗辉煌，青史可证。如果大唐只有一轮月，那便是李白捞起的；如果大唐只有一位任侠，那便是李白要做的。这是他一个人的悲哀，也是身为"谪仙人"不可逃脱的宿命。

《旧唐书》记载李白"以饮酒过度，醉死于宣城"，民间流传着"乘酒捉月，遂沉水中"的风雅传说。不管他是如何离世的，"银鞍照白马，飒沓如流星"的浪漫人格已经深入人心。

好在千百年后，亿万人中，一小部分人会听见他的呼号，会成为他的知己，让那片皎洁的月光终生藏在眼里，晾在心底。

诗人小传

李白（701—762 年），字太白，号青莲居士，又号"谪仙人"，唐代最著名的浪漫主义诗人，与杜甫并称"李杜"，世称"诗仙"。为人爽朗大方、豪迈奔放，性格飘逸若仙，喜欢饮酒作诗，不受世俗所囿。诗文大多随性变幻，境界脱俗。诗文及生平轶事被口口相传，千古流芳。

杜甫：立在风雨中，朱镜照大唐

蒹葭

摧折不自守，秋风吹若何。

暂时花戴雪，几处叶沉波。

体弱春风早，丛长夜露多。

江湖后摇落，亦恐岁蹉跎。

杜甫在《蒹葭》一诗里，写尽了他寄居世间的四种哀愁。

一簇簇，一丛丛，苇秆摇曳，乱絮满天。单薄的人生就如同长在滩涂上的芦苇，半残的，半卷的，紧挨旷野，冷落清秋，无力自保又无可奈何。对他来说，生命里浮现的无常处境，都带着与生俱来的哀戚。

不自守，是他的第一愁。

吐花飞絮，形色如雪，寒冬腊月里的芦苇经过短暂的日子后逐渐凋败。他静静伫立在风中，沧桑的水面浮尽枯叶。流云皱眉，北雁长叹，个人的遭际和国家的命运似乎也如这花开花落，零星聚散，好期不长。

叶沉波，是第二愁。

遥想早些时候，苇叶细嫩，拔节生绿，春风娇柔也能吹痛。可惜，等到茂密丛丛已经步入秋冬，终于等到花期，奈何露水覆满枝叶，厚重了，折断了。潦草、动荡、生不逢时，它们无端被岁月辜负，只剩一江孤寂。

夜露多，是第三愁。

他的最后一愁，岁蹉跎。花开春夏就衰败，而芦苇花开在秋冬，最后才凋落。野地清苦，哪怕是无人问津的老芦苇，也担心不够蓬勃，害怕虚度花期。人的一生不过百年，沧海一粟，岂不如此？

"世上疮痍，诗中圣哲"，杜甫就像一杆老芦苇。

先天元年，杜府内一声啼哭，一个男婴呱呱坠地。孩子的父亲说："取字'甫'如何？田中有苗，有生长之意，也是丈夫的美称。就叫杜甫吧，我期盼这个孩子能够茁壮。"

杜甫降世的这一年，盛唐正好拉开帷幕。唐睿宗李旦把皇位传给了太子李隆基，也就是后来大名鼎鼎的唐玄宗，玄宗先诛灭韦皇后，再正式即位，很快就开创了唐朝最巅峰的"开元盛世"。孩子是否茁壮，尚未见分晓，唐朝却从这一年开始真正茁壮起来。

有多茁壮呢？杜甫尝言："忆昔开元全盛日，小邑犹藏万家室。"在古代，一个地区的人口密度往往意味着经济上的强弱，一个不起眼的小城镇也住着千家万户，那么长安城会有多繁荣呢？可想而知。

杜甫就生活在春光明媚的盛世当中。

孩提时代，他调皮到"庭前八月梨枣熟，一日上树能千回"，又聪明到"七龄思即壮，开口咏凤凰"的境界。除此以外，杜家家境优渥，所以，杜甫从小便有"行千里路，读万卷书"的机会。

在河南郾城，他有幸观赏公孙大娘跳《剑器舞》和《浑脱舞》，身剑合一、超然绝尘；遵化崔涤堂里，他聆听李龟年唱歌，箜篌羯鼓，曲音绕梁；洛阳皇帝庙内，又饱览"画圣"吴道子的亲笔画作……

中国人自古就懂得文化艺术是一种优质的熏陶，万物滋润了杜甫内心深处的芳泽，他的思想、品行、习惯因濡染而渐趋相近，"兼收并蓄""有容乃大"的唐代文化精神，也浇筑在杜甫身上。

"会当凌绝顶，一览众山小"，他本该有一片光明灿烂的前途。

可是，开元二十九年（741年），杜甫的父亲突然病死在任上，家中的经济来源被切断。春风来得早，走得也早，没能等到杜甫开花结果的那一天。天宝六年，宰相李林甫一手遮天，以"野无遗贤"为借口，摧毁了江湖才子入朝做官的独木桥，使得杜甫没有办法养家糊口。

"体弱春风早"的芦苇还很脆弱，所以大唐的春风，也没有吹到杜甫的心中。

为了不让妻儿饿死，他日复一日做得最多的一件事，便是跟在达官显贵的马后，不停地献赋谋仕。他在《奉赠韦左丞丈二十二韵》里挖苦自己："朝扣富儿门，暮随肥马尘。残杯与冷炙，到处潜悲辛。"

拖家带口，未老先衰。这是他的第一愁，不自守。

天宝十年，唐玄宗举办祭祀盛会，杜甫献上《朝献太清宫赋》《朝享太庙赋》《有事于南郊赋》三篇赋文，跳过了李林甫的阻碍，直接获得了玄宗的赏识，被安排到集贤院，下一步就是因试升官。

一切看似将有转机，但李林甫恰好是杜甫的考官，所以，杜甫又落选了。不过，杜甫毕竟是皇帝钦点的人选，不安排个一官半职，似乎说不过去，再说，长安的集贤院也不能容他一辈子。

又过了几年，快四十五岁的杜甫终于接到上头安排的官职。

兴奋之余，他却听见"河西尉"三个字，顿感冷水浇头，义愤填膺地拒绝了。"河西尉"，其实是九品之下的一个小官，日常事务就是处理杂活，接收上头的命令，压迫黎民百姓，这跟他半生所学毫不相干。

这时候，再看看长安城里编撰文书的闲官，多令人羡慕啊。

不久，杜甫又一次收到朝廷的消息。这一次，分配给他的官职是右卫率府兵曹参军，掌军防、烽驿、门禁、田猎、仪仗等事，简单来说，就是给军队看门。滑稽的是，兵曹参军这个职位，仍与他腹中诗书没有一点关联。

不过，总算有个正经职位了，有俸禄，能留在长安。

长安十多年，落得如此下场，杜甫只能苦笑，自嘲着吟出《官定后戏赠》：

> 不作河西尉，凄凉为折腰。
> 老夫怕趋走，率府且逍遥。
> 耽酒须微禄，狂歌托圣朝。
> 故山归兴尽，回首向风飙。

他的梦想是"致君尧舜付公等，早据要路思捐躯"，而今相差十万八千里，让人啼笑皆非。

罢了，罢了，能与妻儿安度余生也算幸事。他心想。

十一月，杜甫回到奉先老家。旷野枯树，寒风肆虐，茅草做的屋顶被寒风掀去小半，凛冽的风从破窗户眼往里灌。瘦骨嶙峋的杜甫听见了传来的哭泣声，急忙跑进家门，眼前的惨景，让他天旋地转——原来，小儿子因为吃不起饭，活生生被饿死了。

寒风，像千万把冰锥，刺入他僵如枯木的身体。

"入门闻号啕，幼子饥已卒……所愧为人父，无食致夭折。"他所期望的未来只是昙花一现，瞬息残落。这是他的第二愁，叶沉波。

与此同时，安史之乱爆发，叛党的铁蹄蹂躏大唐土地，战乱下，杜甫连吊丧的时间都没有，带着妻儿迁家避难。人生经历一次悲剧，就已经很苦了，杜甫的悲剧却是一个接着一个，四面八方，不留给他一刻喘息的机会。

至此，我们就可以真切地体会到，为什么唐军只是打了一次胜仗，他竟然狂喜：

> 剑外忽传收蓟北，初闻涕泪满衣裳。
> 却看妻子愁何在，漫卷诗书喜欲狂。
> 白日放歌须纵酒，青春作伴好还乡。
> 即从巴峡穿巫峡，便下襄阳向洛阳。

杜甫对快乐的要求一降再降，最后落到生存上。似乎只有赢了才能离死亡远一点，这是今人难以想象的情绪。

这段时间里，苦难犹如夜露，压弯了杜甫的身子，却不能熄灭他强烈的爱国情怀。他安顿好家人，孤身北上，接连向朝廷献策，写下《为华州郭使君进灭残寇形势图状》《乾元元年华州试进士策问五首》等诗文。随后三年，又写下"三吏"（《新安吏》《石壕吏》《潼关吏》）和"三别"（《新婚别》《无家别》《垂老别》），传世至今。

杜甫这杆芦苇开花了，却开在烽烟缭绕的时间。这是第三愁，夜露多。

接下来近十年里，杜甫在蜀地开始了漂泊无依的生活。他曾建了一座草堂，称"浣花草堂"，听起来很文雅，但其实就是茅草屋，也是《茅屋为秋风所破歌》的取景地。

八月秋高风怒号，卷我屋上三重茅。

茅飞渡江洒江郊，高者挂罥长林梢，下者飘转沉塘坳。

南村群童欺我老无力，忍能对面为盗贼。

公然抱茅入竹去，唇焦口燥呼不得，归来倚杖自叹息。

俄顷风定云墨色，秋天漠漠向昏黑。

布衾多年冷似铁，娇儿恶卧踏里裂。

床头屋漏无干处，雨脚如麻未断绝。

自经丧乱少睡眠，长夜沾湿何由彻！

安得广厦千万间，大庇天下寒士俱欢颜！

风雨不动安如山。呜呼！

何时眼前突兀见此屋，吾庐独破受冻死亦足！

盛唐永远不会回来了，生命亦不知何时终结，而他，何日能看见天下寒士的笑脸？

在金庸的《倚天屠龙记》里有过一个片段。张无忌做了教主，白衣胜雪的群雄在蝴蝶谷圣火前齐声相和：

> 焚我残躯，熊熊圣火，
> 生亦何欢？死亦何苦。
> 为善除恶，唯光明故。
> 喜乐悲愁，皆归尘土。
> 怜我世人，忧患实多！
> 怜我世人，忧患实多！

此后天下，兴亡不定，豪杰血战八方，仍有悲天悯人之心。有如候鸟，永远走在光明的道路上。已识乾坤大，犹怜草木青，抛头颅、洒热血，将灵魂与肉体归还中原。如今举火燎天何煌煌，俱有惜别意，却不能回头。杜甫与他们，肯定能成为知己。

怜我世人，忧患实多。

也说不出为什么，只觉得世间一切皆为难。这是他的第四愁，岁蹉跎。

最后，《旧唐书》揭露杜甫的结局："永泰二年，啖牛肉白酒，一夕而卒于耒阳，时年五十九。"因饿暴食，死也悲剧。

如果说，李白是大唐的白月光，那么，杜甫就是大唐的朱砂痣。李白在天上，杜甫在人间。他用一生倾诉了四种哀愁，以一杆芦苇的"悲剧美"，发出强烈的悲悯之音，催逼世人意识到天下之不公，促使世人从混沌与麻木中清醒过来。

这是最崇高的牺牲精神，是最靠近普通人的，也是最珍贵的。

诗人小传

　　杜甫（712—770 年），字子美，自号少陵野老，唐代现实主义诗人，与李白合称"李杜"。早年出生贵族，后落魄，生性沉郁而悲悯众生，拥有"仁政"的思想。虽然在唐代名不见经传，但对整个中国古典诗歌的后期发展影响深远，后人尊其为"诗圣"，称其诗为"诗史"。

高适：半生宋城半生沙，晚秋垂败终封侯

别董大

千里黄云白日曛，北风吹雁雪纷纷。

莫愁前路无知己，天下谁人不识君。

暮色下，睢阳的平原显得更广袤了。

北风呼啸，晚雁声声，疏疏淡淡的青黄云雾在寂寥中上升，在落寞中升腾。蜿蜒的河道覆上一层崭新的软雪。三两个黑点，依着河道徐徐前行，向着长亭，向着远处。稍眺望，山月横卧，川水壮阔。

景色虽好，但并不使人快乐。

高适与董庭兰踽踽前行，踏过雪泥，踩过野草，寒风让身边的景色变得纷纷乱乱。他们虽无言，却在忆长安，忆缓带轻裘的意气少年，忆香车宝马的璀璨灯火。"六翮飘飖私自怜，一离京洛十余年"，如今繁华处再无他们的身影，"今日相逢无酒钱"，相聚睢阳，连酒水也不能痛饮。

董庭兰背着七弦琴，连连叹气。双手就着月光摩挲琴弦，如此珍贵的七弦古琴，却比不上西域来的胡琴。欣赏古琴的人少了，

他身为琴师的意义又何在呢？对着天地，低迷久了，便容易生出岁月不知长短、人间再无知音的错觉。

走到尽头，船已备好，不知往何处去，只待出发。

高适长长一揖，一句"莫愁前路无知己，天下谁人不识君"打破了长久的沉寂。就像李白的"我辈岂是蓬蒿人"，一句话拯救了董庭兰，也给后人带来了无限希望。

《河岳英灵集》中记载高适："事性拓落，不拘小节，耻预常科，隐迹博徒，才名自远。"在以财富、地位等作为价值准绳，将仕途道路牢牢框住的唐朝，高适是鲜有的、滚烫烫的、燃烧生命的人。

> 二十解书剑，西游长安城。
> 举头望君门，屈指取公卿。

二十岁时，高适文武皆通，如利剑藏鞘，难掩锋芒。他不愿走寻常路，也瞧不起考场里急不暇择、鱼贯而入的书生。贫穷的少年只身一人前往长安，眉目疏朗，神色坦荡。可惜，这份不屑沦为俗常的热血，没有引起朝廷的重视。

> 白璧皆言赐近臣，布衣不得干明主。
> 归来洛阳无负郭，东过梁宋非吾土。

布衣百姓，连亲近君主的机会都没有，又怎会有人赏识他的才华呢？高适求仕无门，生活困苦，迫不得已去了宋城，靠种地维持生计。这么一耕，耕了八年。

直到开元十九年，大唐呈盛放之势，长安十里，香车宝马，人声鼎沸，繁华遍地。灯火之外，高适所在的宋城偏远阴寒，无人问津，田地野草丛生，呈荒芜颓败之势。

他枯坐不下，决意北游，重新出发。为了此行能够顺利，他还特意往朔方节度副大使信安王李祎、幽州节度使张守珪幕府里投递了自荐信，洋洋洒洒，恳请他们切勿埋没了社稷之才云云……结果石沉大海。

三十二岁那年，高适走投无路，终于放下身段，愿意奔赴长安赶考了。这本是一件好事，可屋漏偏逢连夜雨，船迟又遇打头风。

辗转数月之后，他落第了。

其实，落第早在意料之中。他的文章粗犷率真，缺乏雕琢，比不上乖顺的书生来得讨喜。高适没有了一点盼头，便收拾起细软，离开长安，返回宋城。宋城虽如陋巷深深，阴雨绵绵，但也是他近十年来遮蔽风雨的地方。

再后来，时间滚滚，岁月滔滔。

天宝六年，唐玄宗在位，沉醉在被逐渐蚕食瓦解的"太平盛世"里，安史之乱已经埋下祸种。高适四十四岁，过得并不好，在游历时遇到了同样落魄的董庭兰，道出了《别董大》一诗。其实，高适比董庭兰更可怜，董庭兰好歹有过辉煌时刻，他却连拔剑的机会都没有。

"天下谁人不识君"，这是他的心愿，也是他许给自己的勇气。

自打这之后，高适的人生忽然雾散月出，青云直上，说来十分奇怪，他竟一步一步地走到大唐诗人在官场的最高峰！

天宝八年，他被太守张九皋举荐，授封丘尉，当起了维护地方治安的军政小官。

三年后，他辞掉丘尉一职，再次前往长安。这一次如鹤冲九天，担任凉州河西节度使哥舒翰幕府中的文职军官，掌书记，地位仅次于判官。又三年，安史之乱爆发，高适转任监察御史一职，陪同唐朝著名的军事家哥舒翰前去守卫潼关。

"浅才通一命，孤剑适千里。岂不思故乡？从来感知己。"高适在《登陇》里感谢哥舒翰的知遇之恩。

即便已经五十二岁了，但身边有贵人相伴，从前鲜衣怒马的少年似乎又活过来了。

这一年里，安禄山几度进攻，始终没能拿下潼关。

高适与哥舒翰将潼关守得固若金汤，眼见对方即将望而却步，退出潼关时，宰相杨国忠向玄宗谗言，逼迫潼关军队主动出击。此地易守不易攻，出兵无疑自寻死路，高适与哥舒翰几次上言："禄山虽窃据河朔，不得人心，请持重以敝之，待其离隙，可不血刃而禽。"皆无用。

潼关二十万唐军兄弟"恸哭出关"。

果不其然，潼关之战大败！唐军主力丧失殆尽，哥舒翰一世英名毁于一旦，"常胜将军"的声名戛然而止，自己也被安禄山劫持。

高适有幸逃过死劫，策马向西，直至见到玄宗，赶忙说："陛下因此西幸蜀中，避其蚩毒，未足为耻也。"他劝玄宗逃亡蜀地避祸。玄宗自知理亏，高适又给他铺好逃难的台阶，玄宗没有拒绝的道理，更将他提拔为谏议大夫，也算一种弥补。

不久，安禄山所率叛军果然没有攻进蜀中，玄宗很高兴，将高适升为侍御史。时来运转，是年十二月，高适任职淮南节度使；广德元年，又任剑南节度使；广德二年，召回京城"为刑部侍郎，转散骑常侍，加银青光禄大夫，进封渤海县侯，食邑七百户"。

唐代被封侯的诗人，就高适一人。

这是一个人的顺风，整个大唐的逆风。

《唐诗品》中写高适的大半生：朔气纵横，壮心落落，抱瑜握瑾，浮沉闾巷之间，殆侠徒也。最后，高适出乎意料地实现了"天下谁人不识君"的心愿，只可惜，他没能保住知己哥舒翰，也没能保住天下。

此后的事，便如江河奔流，日新月异了。

匆匆百年，高适鲜少被人提起。再提及，也仅凭边塞诗闻名于世，他的背影，似乎永远驻守在大漠、枯草、孤城里……边塞的落日已泛黄，夏蝉冬雪都老旧了。诗词如镜，翻过来，昔年景象历历在目。

不知他是否记得那一年，风满潼关的清阔：

雪净胡天牧马还，月明羌笛戍楼间。

借问梅花何处落，风吹一夜满关山。

诗人小传

　　高适（704—765年），字达夫，沧州渤海县人。唐代边塞诗人，与岑参并称"高岑"，与岑参、王昌龄、王之涣合称"边塞四诗人"，著有《高常侍集》二十卷。个性正直拓落，不拘小节，诗文粗放，极有气骨，对边塞诗的发展起到了重要作用，也是边塞诗派发展进程中的重要里程碑。

岑参：一生要行多少路，方使大漠成故乡

白雪歌送武判官归京

北风卷地白草折，胡天八月即飞雪。

忽如一夜春风来，千树万树梨花开。

散入珠帘湿罗幕，狐裘不暖锦衾薄。

将军角弓不得控，都护铁衣冷难着。

瀚海阑干百丈冰，愁云惨淡万里凝。

中军置酒饮归客，胡琴琵琶与羌笛。

纷纷暮雪下辕门，风掣红旗冻不翻。

轮台东门送君去，去时雪满天山路。

山回路转不见君，雪上空留马行处。

任何一位诗人都会有两面。

一面停驻笔杆，吸吮时代的浓墨，一面策马纸上，向文化之外的文明奔啸，激发体质里的天生活性，在成为先行者的历练中打上烙印。而边塞与诗人的关系，就是纸与笔墨的关系。

边塞诗人会徒增一种莫名的沧桑感。

诗人们经历了常人所不能及的苦境，心灵过早蹉跎，灵魂也

变得厚重。就像折戟沉沙，看似豪情万丈，其实荒凉与颠簸早已藏在皱褶的一生中。人的命运也在战场的辗转与时代的大变革之间模糊沉浮，回望时，又清晰可现。

大唐的边塞，不能没有岑参。

十多年前，读到《白雪歌送武判官归京》，岑参的名字已经模糊，但"忽如一夜春风来，千树万树梨花开"的绮丽之景清晰如昨。耳朵听见，转至眼睫，透过十里寒天，便能看见烟霞灼灼，疏影横斜，千万梨花在雪地里晕开，瘦枝在畔，傲骨暗藏。

岑参以边塞诗闻名于世，与高适并称"高岑"，两人皆属边塞诗人中的佼佼者，岑参的《白雪歌送武判官归京》更被誉为"盛世大唐边塞诗的压卷之作"。但边塞是跌宕的，岑参和一切边塞诗人的命运也是相通的——都有着注定的不幸。

人生的运际，就是一场雪接一场春。

二十岁，早年孤贫的岑参西上长安，献书阙下，没有回音。他像众多求仕之人一般，打算留在长安。当时，岑参就住在长安西边的一处草堂里。草堂偏僻，却与山水相映，紧靠终南山的高冠潭，"崖口悬瀑流，半空白皑皑"，羁鸟、河石、泉水……四方清净，有魏晋之气。

闲来无事时，他喜欢觅一处潭水，垂杆钓鱼。"独向潭上酌，无人林下期。东谿忆汝处，闲卧对鸬鹚。"隐居的日子不可多得，虽然衣食紧缺，但这份自在的乐趣却是无可取代的。

十余年后，朝廷给岑参分配了右内率府兵曹参军的官职。兵曹参军这个职位，杜甫也曾做过，就是军队里负责杂务的小官，每日看守兵器，管理门钥，拿最低等的俸禄。

接到这个官职之后，岑参既是不屑，又无可奈何。离开草堂前，他苦涩地写下《初授官题高冠草堂》：

> 三十始一命，宦情多欲阑。
>
> 自怜无旧业，不敢耻微官。
>
> 涧水吞樵路，山花醉药栏。
>
> 只缘五斗米，辜负一渔竿。

说到底，岑参认为官场的"五斗米"配不上一支钓鱼竿。但他出身贫寒，需要一些微薄的薪水支撑生活，终生隐居这件事，似乎也有违大丈夫的抱负。最终，天宝六年，他上京赴任了。

第一年，岑参结识了"楷书四大家"颜真卿。颜真卿在朝为官，被调任出塞，岑参还特意写了一首《胡笳歌送颜真卿使赴河陇》送别，其中"边城夜夜多愁梦，向月胡笳谁喜闻"一句，直叩心门：

> 君不闻胡笳声最悲？紫髯绿眼胡人吹。
>
> 吹之一曲犹未了，愁杀楼兰征戍儿。
>
> 凉秋八月萧关道，北风吹断天山草。
>
> 昆仑山南月欲斜，胡人向月吹胡笳。
>
> 胡笳怨兮将送君，秦山遥望陇山云。
>
> 边城夜夜多愁梦，向月胡笳谁喜闻？

他慨叹，谁会喜欢月下凄寒的胡笳声呢？《唐贤三昧集笺注》

评价："以这样诗送人，恐使征人断肠不已也。"可见，岑参是真心不希望友人出塞，也潜藏他对边塞寂寥的怨意。

不承想，颜真卿离开后的一年，岑参也被派遣出塞，他要去的地方，隶属今天的甘肃地区，新官职是高仙芝幕府中的掌书记。这一次出塞，是岑参生命中的第一次出塞，时间很短，当年三月出发，六月兵败，十月回到长安。

冷秋，长安城青槐夹道，宫墙玲珑。岑参约了高适、薛据、杜甫等诗人一起漫步慈恩寺，徜徉其间，他作《与高适薛据登慈恩寺浮图》："塔势如涌出，孤高耸天宫。登临出世界，磴道盘虚空……"不知是怎样一番好景象。

这样雄浑敦厚、奔放奇峭的审美，让他永远走在同时代诗人的前列，以至让人有时忘了他曾是一个隐逸之人。

天宝十三年，岑参三十七岁，再次出塞。

他投入唐朝名将封常清的麾下，参与了"破播仙之战"，大获全胜！

> 蕃军遥见汉家营，满谷连山遍哭声。
>
> 万箭千刀一夜杀，平明流血浸空城。

播仙在今天的新疆地域，是连接内地和西域的重要枢纽，常年被吐蕃占据。此战胜利，无疑是解开了唐朝边疆战患的一块心结。

岑参跟随唐军凯旋归朝，戍守边关的将士们洗去风尘，重新回到热闹的长安。

因为有年轻的守边将士，再冷清的边疆也有了人味儿。不管是西出楼兰，还是临月窟寒，有了他们，人生的白纸才有了可以着墨的地方。

从前，他觉得出塞是一件"群公满天阙，独去过淮水"的苦事。

当他想隐逸于香梦沉酣时，苍生垂危的性命使他悚然惊醒。他忽然明白，从前隐逸的高古、疏野、气节都是假象，是一种最简单的逃避方式。

《杀破狼》里说："没经手照料过重病垂死之人，还以为自己身上蹭破的油皮是重伤；没灌一口黄沙砾砾，总觉得金戈铁马只是个威风凛凛的影子；没有吃过糠咽菜，'民生多艰'不也是无病呻吟吗？"

出塞是件苦事，且永远都是。

但如今，岑参只要想起与自己日夜相伴的弟兄，心中就会有一丝丝的暖意流动。那片广袤大地上，虽然没有成荫的绿洲，却也有千年不死的胡杨，疾风中坚忍扶疏的红柳，戈壁中别样生存的梭梭。一身正气的战士们，郁勃浑厚，有血有肉，也有情怀。和他们相比，高冠草堂的钓鱼竿好像可以丢弃了。

两次出塞的经历，让他对边塞爱恨交织，让他对西域入了迷。他一边行军，一边记录奇闻逸事。后来，宋人在《彦周诗话》里说："岑参诗亦自成一家，盖尝从封常清军，其记西域异事甚多。如《优钵罗花歌》《热海行》，古今传记所不载者也。"

岑参，一直都在路上。

到了晚年，他病逝于蜀地的一家客栈，人们称这种结局，叫"客死异乡"。但就像飞鸟属于天空，鱼龙属于大海，而岑参属于漫漫长路，不是不幸，只是另一种宿命。

他是唐朝边塞的丰碑，是边塞诗人顶端的图腾，是熊熊燃烧的火炬。他穿越了黄河、河西走廊、玉门关、兰州、武威、祁连、酒泉……穿越了思想的"沙漠"，被大漠打磨出奇异的光彩，不遮不掩，义无反顾。

几百年后，人们把他的诗文推向全国，重现当年边关激战的情形。他若没有这般勇气、豪气、霸气，如何令千年之后的人难以忘怀？

只可惜，"山回路转不见君，雪上空留马行处"。《唐才子传》记载："往来鞍马烽尘间十余载，极征行离别之情，城障寨堡，无不经行……未及大用而谢世，岂不伤哉！"

所谓大成若缺，就是岑参这样的不圆满。

不过，对于行路人来说，在路上，本身就是一种圆满。

诗人小传

岑参（约718—约769年），别名岑嘉州，盛唐边塞诗人的代表人物，与高适并称"高岑"，代表作《白雪歌送武判官归京》。曾两度出塞，西北荒漠的奇异风光与风物人情给他留下深刻印象，诗作大多语调慷慨，诗篇整体雄奇瑰丽，变化自如，成为盛唐时期边塞诗数量最多、成就最显著的诗人。

刘长卿：每个人都是"风雪夜归人"

逢雪宿芙蓉山主人

日暮苍山远，天寒白屋贫。

柴门闻犬吠，风雪夜归人。

刘长卿记忆中的洛阳，一直停留在烽烟缭乱的那年，停在盛唐终结的时刻。

那时，洛阳内外火光冲天，金戈铁蹄的杀伐声，寻常巷道的凄厉声，此起彼伏，错杂交融。巡夜的士兵已经溃不成军，郊外的山头堆积着无数流民的尸体。其间陆陆续续有浑身是血的人试图逃跑，不是被火烧死，就是被叛军杀死，城池尽毁，血迹斑斑。

月光照着洛阳，一如既往，像一枚冷冷的眼睛。

将军哥舒翰战败，高适死里逃生，王维被叛军软禁，李白开始了流放生涯，玄宗机关算尽逃亡蜀中，太子李亨成为新皇帝……百姓纷纷流离失所，无一幸免地成为这场灾难的炮灰。

《新唐书》记载："观夫开元之治也，则横制六合，骏奔百蛮；及天宝之乱也，天子不能守两都，诸侯不能安九牧。"

古代文史学家程千帆先生说："这是一个从噩梦中醒来，却又陷落在空虚的现实里，因而令人不能不忧伤的时代。"

盛唐的春风吹到诗人刘长卿的脚边，基本就结束了。

快四十岁的刘长卿消瘦如斯，战火在前，更加焦头烂额了。他茶饭不思，颜色憔悴，昼夜兼程，日行千里。离开洛阳，与所有人一起向南方避难。

船只顺着大运河奔流直下，他坐在逼仄的船舱里，眼底是浓郁的鸦青色，下巴布满乱糟糟的胡须，衣襟上的褶皱也纵横交错，整个人瘦了一大圈，简直比几次科考落第还要糟糕。突然，船明显晃动了一些，好像蹭到暗礁，他跟着晃了晃，闭了闭眸子，忽然抬袖掩面，什么都顾不上了。

他想起《九辩》："悲哉，秋之为气也！萧瑟兮草木摇落而变衰。"

刘长卿是刚毅之人，但盛唐不再，孰能不悲泣？

这场泪，从洛阳流到苏州。

乱局之中，李亨当了皇帝，究竟是夺权还是应势而生，百姓不得而知。总之，李亨急需大量人才替他巩固政局。

不久，默默无闻的刘长卿被考察官员看中，获得了长洲县县尉的官职。

第一次做官，官位还没捂热，刘长卿就因为得罪了顶头上司，被打入长洲县的监牢。不过，这场风雨来得快去得也快，没有在苦牢里辜负大半生，而是赶上大赦，即刻被释放出来。

两年后，刘长卿任职海盐令，又两年，被贬为潘州南巴尉。潘州南巴在岭南一带，边远荒蛮，条件艰苦，向来有"魑魅之乡"的说法。

兜兜转转十年之后，刘长卿在淮西、鄂岳担任转运使判官。

正是开春时节，柳生了，花开了，春风细雨吹去秋冬沉闷的阴霾，命运点着火，暂且没有烧到身上，他本该高兴。但春风既无法扫清战乱的残痕，也驱不散蚀骨的阴冷。刘长卿穿好鞋袜，系好披风，波澜不惊地走入春风。

他的孤独、漂泊、年迈，与春天格格不入。

> 小邑沧洲吏，新年白首翁。
>
> 一官如远客，万事极飘蓬。
>
> 柳色孤城里，莺声细雨中。
>
> 羁心早已乱，何事更春风。

《海盐官舍早春》就像他最早投下的一道弱不胜衣的影子，淡若水墨，朦胧的悲伤萦绕身侧，如隔瘴雾，封锁在秋。

时间到了上元元年，燃烧的火苗终于跳到他的衣上。

当时，转运使判官是个油水很大的官职，同党想要私自截留物资，刘长卿坚决不同意。结党营私的狐狗一派立马将刘长卿打倒，构陷他"犯赃二十万贯"，贬其为睦州司马。

此事愈演愈烈，上至朝廷，下至百姓，都明白其中另有冤情。另外，唐代刑法典《唐律》明文规定：贪污绢三十匹就要处死刑，下级官吏犯赃，长官连坐。而刘长卿既没有按律处死，他的同党也没有连罪，就可以推断出，朝廷不愿残害忠良，却也不得不向权势一方低头。

可怜的刘长卿"刚而犯上，两遭迁谪"，白白受尽了委屈和凌辱。

时间如流水，转眼秋天了。

迁谪途中，路过长沙，他看见汉代名士贾谊的宅邸。贾谊与屈原并称"屈贾"，鲁迅呼其"西汉鸿文"，如此有才华的人，却一再遭受大臣们的排挤，几经贬谪，郁郁终生。

看着荒草丛生的门楣，刘长卿满腹怜惜地写下《长沙过贾谊宅》：

> 三年谪宦此栖迟，万古惟留楚客悲。
>
> 秋草独寻人去后，寒林空见日斜时。
>
> 汉文有道恩犹薄，湘水无情吊岂知？
>
> 寂寂江山摇落处，怜君何事到天涯！

此时的刘长卿，和贾谊同病相怜啊。

虽然不甘命运，但"君子见机，达人之命"，厚重的历史痕迹，总是可以给诗人们提供更多的养分。通过创造集体记忆，来帮助诗人铸造灵魂中的美好家园，完成伟大的集体纪念。刘长卿与贾谊对失败的共同缅怀，也在世代相传的伟大史诗中一直流传至今。

数九隆冬，寒凝大地，他又出发了。

"日暮苍山远，天寒白屋贫。"在被贬谪的路上，或在归乡的途中，他冒雪赶路，寒露湿身，斗篷遮住了大半容颜，藏匿在云山雾绕中，白雪皑皑，人迹罕至，远远望去，仅山径小路的一个黑点罢了。

"柴门闻犬吠，风雪夜归人。"因为下雪的缘故，天黑得早，尚未翻过芙蓉山，前后没有村庄，只见前方一间木屋，一条老狗。

他揭下帷帽，抖掉肩上的雪沫，敲门。

主人应允了刘长卿落脚的请求，往炉子里多添了几块柴火，屋子更暖了。夜间接风洗尘过后，万籁俱寂，围炉叙话。三杯两盏淡酒，难逃浮生往事，一路上的风雪往事在胸腔来回翻滚，含入舌底，复咽下去。

屋外是纷然的大雪，屋内是滚烫的柴火，他似笑非笑，泫然欲泣。说些什么好呢？好像什么都可以说，又都不必说。

没有话语，正是深情之至的意义。

翌日，芙蓉山的河流结起薄冰，刘长卿与主人告别。萍水相逢，空手而来，总不能空手而去——长卿无所有，聊赠诗一首。《逢雪宿芙蓉山主人》便从空寂的山中流传出来，芙蓉山主人爱诗之心，深情厚谊，千年之后，饶有余音。

在盛唐到中唐的过渡期，集大成的诗人不少，刘长卿排不上什么名次，唐诗选家高仲武称其："大抵十首已上，语意稍同，于落句尤甚，思锐才窄也。"

但观其筑梦人生，仍有学者说："长卿诗细淡而不显焕，当缓缓味之，不可造次一观而已。"也颇有道理。

在平淡的人生中，读刘长卿的诗，如饮温酒，不激烈，不寡味，渗入心髓，可以共情，使人有一种春樱见雪、冬雪见花的清寒美意。他的诗也像一壶新手茶，不燥不潮，简单素雅，伤而不怨，足俱风雅。

若说"李杜"是一轮月，长卿则是一颗星。虽不及皓月熠熠，却不能没有繁星。

长卿的苦难，和今人的命运更相似，委屈、无依、远乡。我们无法逃到李白的天上，也无法沉至杜甫的谷底，既抓不住陶潜的超逸，也不敢学红楼的及时行乐……但在长卿身边，我们有最后一丝自重的余地。

人生天地间，忽如远行客。

当有一天，你成为"风雪夜归人"，翻开长卿的诗，他便是收留你的芙蓉山主人。

诗人小传

刘长卿（约709—约785年），字文房，宣城人，代表作有《逢雪宿芙蓉山主人》《送灵澈上人》。清才冠世，颇凌浮俗，性刚，多忤权门，"刚而犯上，两遭迁谪"，多次遭受陷害，最后官至随州刺史，世称"刘随州"，因擅长作五言诗，又称"五言长城"。

第三卷

中唐·动荡

韦应物：浪子回头时不待，浊酒一杯慰人生

简卢陟

可怜白雪曲，未遇知音人。

恓惶戎旅下，蹉跎淮海滨。

涧树含朝雨，山鸟哢馀春。

我有一瓢酒，可以慰风尘。

从盛唐转至中唐，内忧外患，国势渐衰，一轮明月摇摇欲坠。

前后一月，安禄山旗下的叛军迅速虏获洛阳和长安，更在长安一带四处掳掠。遥望处，寺钟响，马嘶鸣，长安二十五条大街尸横遍野，一百〇八坊混乱蒙尘，百姓流离失所，惨遭不幸。文人们的豪情也被现实击碎，犹如冬风里皱成星星点点的冰裂纹路。

此时，一个十九岁的少年逃也似的离开这座长安城。

出了宫门，远了皇城，渡了护城河，心意萧索的年轻人甚至不敢回头。这里载满了他美好的回忆，以及破落的现实情景。

他原也曾渴望过纸醉金迷的繁华，也沉溺于酒池肉林的奢靡，爱赌博，爱交友，爱把酒言欢。

他出生于著名的韦氏家族。"韦"，在当时是关中望姓之首。《旧

唐书》说："议者云自唐以来，氏族之盛，无逾于韦氏。其孝友词学，承庆、嗣立力量；明于音律，则万里为最；达于礼仪，则叔夏为最；史才博识，以述为最。"仰仗如此显赫的出生背景，这个少年在十五岁时，就被安插到唐宫任职，成为唐玄宗的近侍。

和那些耗尽一生都窥不见宫闱的诗人相比，他幸运之极。接下来的五年里，少年"豪纵不羁，横行乡里，乡人苦之"，霸道至极。

这时，夭桃秾李的年轻人还不明白"生于忧患，死于安乐"的道理，他以为自己能够一直享受唐宫温软平实的日子。

但太顺利的人生，实在不是一件好事。一个精神贫乏、缺乏崇高人性的人，很难承受岁月流逝带来的衰败感受，当然也无法理解生命危机对精神的助益。冰非凿而化开，没有真实的痛苦体验可能是一种莫大的缺憾。

五年后，安史之乱发生了。玄宗弃了长安，逃亡蜀地，少年也丢了官。

少年名叫韦应物，一个浪子，一个狐假虎威的纨绔。

现在，老虎逃了，狐狸四散。与之一起弥散开的，还有盛唐贵重的骨气。明朝学者胡应麟说："诗到中唐，气骨顿衰。"盛唐的雄浑明丽、长安的静穆神奇、诗人的一剪清光……都已经覆水难收，匆匆地，不知流向何处。

泰山崩于眼前，这可苦了韦应物。

他不愿接受盛唐的悲剧，也不愿离开皇宫，但一切又由不得他做主。

天宝十五年，离开长安前，他精心准备了很多行李，结果一路走，一路丢，没有人怕他冷了、饿了、渴了，更没有人像往常一样替他背负行囊。翻山的路线，险峻陡峭，他攀登得十分吃力，又是一路走，一路歇。天黑时没有客栈住宿，就睡在草窝子里，半夜腰背冷得发麻，只能忍着，忍不住就醒着，然而白天还要赶路，正月的天空又下起了雨，淅淅沥沥，打在灰蒙蒙的枯叶上，发出一阵阵惆怅的声响。

城垒的钟声和攻伐声明明听不见了，却一直盘旋在他的耳后，蔓延到无边的天际。重重复复的泥泞山路看不到尽头，森林蔽日，沟壑纵横，稍有不慎便让人陷入险境。眼下，战栗、不安、危机一夜之间全吹得飞了起来，韦应物悔之晚矣。

当"蛮横"这把刀失去作用，他终于察觉到自己失去了一切，或者说，不曾拥有过一切。

乾元二年，也就是韦应物逃亡的第三年，唐朝从一击而溃中慢慢站起来，稍微恢复了一些元气，二十余万唐军也重装待发，修葺城垒，抵御叛军。

这一年，穷困潦倒的韦应物做了一个足以改变人生的重要决定：立志读书。

他睁开眼，望着天地，望着人间，好像第一次醒来。有道是"浪子回头金不换"。这一举动，使他成为韦氏家族中成就最大的一位诗人。

一个浪子，为何突然想要读书？

其实，这三年的逃难生活，不是常人能消化的，尤其对于韦应物这种富家子弟来说，更是由奢入俭难。当突如其来的灾难，像一个巨大的石头砸到身上，通常会出现两种结果：被摧毁，或是翻身站起来。

我们很难揣摩韦应物这三年的心路历程，在这期间，他一定产生过很多杂念，好的、坏的、前进的、倒退的……但是，当他从一个浪子转变成读书人的时候，我们就知道他承受住了外界的压力，也走出了内心的迷宫。

人心是可以在文字的浸染中避一避苦难的，就像干涸的土壤遇到水分，龟裂的地缝被软化，被抚平。

广德元年，长达八年的安史之乱终于结束，这一年的秋天，苦读四年的韦应物在洛阳任职。他写了一首《广德中洛阳作》：

生长太平日，不知太平欢。今还洛阳中，感此方苦酸。
饮药本攻病，毒肠翻自残。王师涉河洛，玉石俱不完。
时节屡迁斥，山河长郁盘。萧条孤烟绝，日入空城寒。
蹇劣乏高步，缉遗守微官。西怀咸阳道，踯躅心不安。

第一句就说自己身在福中不知福，在叙述悲怆的同时，感今怀昔，追忆起盛唐的明媚开朗。诗人特有的忧国忧民的气质，已经入了他的骨髓。显然，这时的韦应物再不是当初的小毛孩了。

许多人所谓的成熟，是被世俗磨平了棱角，变得世故圆滑，好像更实际、更适合生存了。

但真正的成熟，是本心的归宿，亦是自我意识的苏醒，开始触摸"我"的灵魂，开始拉近自身与世间的距离。

在重新任职期间，韦应物一改轻慢态度，恪尽职守，兢兢业业。但官场总是复杂的，没多久，他便弃官去往洛阳同德寺闲居，一住就是五年，"鲜食寡欲，扫地焚香"，写下了多首山水田园诗，流传至今。

大历四年，安史之乱结束已经六年了。

韦应物从洛阳回到长安，先任京兆府功曹，再任高陵宰，随后转任朝清郎，辗转八年，最终担任了尚书比部员外郎。有一年，他因病辞官，在长安西郊的善福寺低吟"偶然弃官去，投迹在田中。日出照茅屋，园林养愚蒙"等田园诗。

在韦应物的诗作当中，既有"春潮带雨晚来急，野渡无人舟自横"的悠然闲淡，也有"三山有琼树，霜雪色逾新"的清新明快。读一卷韦应物写下的札记，抑或一段淡淡的生活风貌，一点一点舒散开来，没有太过宏大的历史叙事，没有太多情感渲染，浓淡交替，幽寂清峭。

然而，田园诗的实质并非"画景"，而是反映民间疾苦、政治问题等。正如白居易所说："近世韦苏州歌行，清丽之外，颇近兴讽，其五言诗又高雅闲淡，自成一家之体，今之秉笔者谁能及之？"

韦应物在贞元四年出任苏州刺史，被世人称作"韦苏州"。他将田园诗与讽喻诗结合，形成了独树一帜的创作风格，保留了山水田园诗词秾丽秀逸的美感，也从侧面讽刺了世态炎凉、官场黑暗的现实，以微见著，韵味无穷。

乱世里，生命是微薄的。灵魂才是无孔不入，拯救一念生灭的力量。弹指一挥，把人吹入浩荡古今，更远、更寂、更苍茫……那样奇怪，那样吸引人，有种洁净骄傲的风仪。

《论韦应物的咏物诗》中评价他为盛唐、中唐之际著名诗人，所作山水隐逸诗"发纤秾于简古，寄至味于淡泊"，是继王维、孟浩然之后唐代最杰出的山水隐逸诗人。

他是唐代悲剧造就的传奇人物，是濒死体验与意识之争的结晶。

当我们走进人生的悲剧时，或许可以想一想韦应物，想一想"我有一瓢酒，可以慰风尘"。有时候，命不渡人，诗能渡人。造化弄人，或许自有天意。

诗人小传

韦应物（737—792年），长安人，唐代山水田园派诗人，与柳宗元齐名，并称"韦柳"。早年"豪纵不羁，横行乡里，乡人苦之"。安史之乱起，玄宗奔蜀，流落失职，始立志读书，少食寡欲，常"焚香扫地而坐"。今传有十卷本《韦江州集》、两卷本《韦苏州诗集》、十卷本《韦苏州集》。

卢纶：社交达人的困局

塞下曲

月黑雁飞高，单于夜遁逃。

欲将轻骑逐，大雪满弓刀。

掷地有声的诗，无一例外充满了生命力。

比如卢纶的《塞下曲》，启唇轻读，一念万里，仿佛置身西北境内，冬风万里，无边落木，平添几分肃杀之意，谁能不爱"欲将轻骑逐，大雪满弓刀"的魄力？

有趣的是，你读过《塞下曲》，不一定读过《赋得彭祖楼送杨德宗归徐州幕》，更不一定知道诗句"四户八窗明，玲珑逼上清"本意指窗户，却衍生出一个人人皆知的成语：八面玲珑。

卢纶这个人，一生都八面玲珑。

通常，一个幸运的人不会懂得处世之道，而一个不幸的人在世俗中颠簸得久了，迫不得已、多多少少学会了与人交往的技巧。所以，卢纶虽然八面玲珑，却仍是一个可怜人。

实际上，卢纶的少年生活的确不幸福。

家境贫寒，父亲早亡，又赶上盛唐落幕，年幼的卢纶体质羸弱，经常生病，没有独立生存的能力，只能借住在舅舅家，过着寄人篱下的生活。而且，中唐的动荡让物资变得十分匮乏，加上官僚制度带来的不平衡，百姓很难维持正常的生活。

柳宗元写过一篇《捕蛇者说》，说在当时，人们捕猎毒蛇，"永州之野产异蛇，黑质而白章；触草木，尽死；以啮人，无御之者"，如此危险、随时可能丧命的事情，仍有人不断去做。这是为什么呢？"苛政猛于虎也。"毒政比毒蛇更毒，人们宁愿冒险捕蛇，也不愿意死于苛政之下。从《捕蛇者说》里可以窥见端倪，也能想象中晚唐时期民不聊生、百业凋敝的场景。

卢纶就出生在这个八方风雨、兵荒马乱的时代。

"禀命孤且贱，少为病所婴。八岁始读书，四方遂有兵。"他在诗中提到自己悲惨的童年。激战声淹没读书声，学堂的先生逃亡去了，连读书的地方都没有。四面八方，军队包围过来，士兵凶悍，杀人如蚁，就算形势逆转，其他的军队攻打进来，城中的百姓照样沦为人质。

那时，卢纶稚嫩的脸，白得像三月的雪。他不敢挑灯夜读，怕引来官兵，只能迎着熹微的晨光读书，一看便是几个时辰。日子一天天过去，他的眼尾，染上厚厚的沧桑，他也从一开始的沉默寡言，慢慢学会了寒暄，从阖着眸子冥思苦想，到恭恭敬敬遵守朝廷礼仪。此后，举手投足间都带着战争磨砺的痕迹。

天宝末年，世道不宁，卢纶参加了科举考试，高中进士，但因为战乱的原因而没能登第。

随后几年里，他在终南山隐居读书，重新参加科考，但都不顺利。灰心丧气之际，他作下《落第后归终南别业》一诗：

久为名所误，春尽始归山。

落羽羞言命，逢人强破颜。

交疏贫病里，身老是非间。

不及东溪月，渔翁夜往还。

终南山，能作为他仕途受阻后的退路吗？

终南山离长安非常近，是关中腹地，既是佛教的策源地，也是道教的发祥地，很多被统治者重用的隐士都曾游居此地，可谓名闻天下。而今，卢纶住在终南山，本意就是为了考取功名，而不是隐居。所以，终南山自然不能成为他的退路了。

回过头来，再看卢纶的《落第后归终南别业》，只觉晚鸦飞去，柳外销魂，人生退无可退，平添了无限悲情。

而此时战事再次吃紧，烽火蔓延。卢纶来不及悲伤，带着亲属匆忙赴鄱阳避难。

塞翁失马焉知非福。在鄱阳，卢纶结识了道士吉中孚，两人热爱诗歌，经常一起交游唱酬。除了吉中孚，参加交友活动的还有司空曙、苗发、崔峒、耿湋、李端等人，他们的才华逐渐被传唱开来，被世人称为"大历十才子"，而卢纶是"十才子之冠"！

声名鹊起，社交圈也越来越大。

过了清苦的半生，卢纶终于等到了柳暗花明的机会。

他一步一步结交权贵，逐渐和当朝宰相元载、王维的弟弟王缙打上交道，还有常衮、李勉、齐映、陆赞、贾耽、裴均等重臣。元载欣赏卢纶的才华，把他的诗文拿给皇帝看，王缙也推荐他当秘书省校书郎。而元载和王缙的权力很大，皇帝免不了给他们一个面子。

不久，卢纶果然得到一个官职，即便没有高中，也凭借八面玲珑的社交本领入朝为官。

不过，日子还长，要时刻谨记：塞翁失马，焉知非福。

元载贵为唐朝宰相，却是权臣，晚年十分腐败，不仅独揽朝政，还大肆敛财，在朝为官的人几乎都要向他供奉钱财，纵容他到处修建府邸，纸醉金迷。而王缙晚年也坐上宰相的位置，面对元载的狂放跋扈，竟然无动于衷，甚至悄然附和。最后，元载全家被坐罪赐死，王缙也遭牵连被贬。

覆巢之下，卢纶岂能好过？

丢了官帽，蹲了大牢，直到唐德宗继位，卢纶才重新走上仕途。

建中四年，"泾原兵变"爆发。

八月，叛军围攻河南襄阳，虎视眈眈，杀气腾腾。

九月，荆旗蔽空，寒光凛凛，唐德宗派遣泾原兵马前往营救。

十月，泾原兵马抵达长安。士兵们没有得到足够的犒赏，只能吃到粗饭，朝廷与军队各自硬生生地克制着，呈现出一种诡异的安静与凝重。不久，士兵痛呼："吾辈将死于敌，而食且不饱，安能以微命拒白刃！闻琼林、大盈二库，金帛盈溢，不如相与取之。"

一时众兵倒戈相向，进攻京城。

史家评价唐德宗：极力想做个至圣至明的天子，然实际效果恰恰相反，昏庸地用了许多小人，靠着幸运才维持了统治。

盛唐已无，唐德宗无力回天，带着亲眷从咸阳逃至奉天。

这样的乱局之下，卢纶被任命为元帅府判官，加入了抵御叛军的军营生活。有人说："唐人好诗多是征戍、迁谪、行旅、离别之作。"这话确实有道理。在军队里，他写下了多首边塞诗，如《逢病军人》《塞下曲》《从军行》等，不事雕琢，妙笔生花，令人自叹弗如。

此时，他的水平已经远超"大历十才子"中的其他人了。

贞元年间，卢纶的好友吉中孚从道观还俗，在朝中担任户部侍郎，并向朝廷推荐了卢纶。此时的卢纶恰好在守丧期间，不得去朝廷任职，又错失了一个机会。后来，有人向皇帝推荐了卢纶，皇帝破格提拔他为户部郎中，还打算让他掌管制诰——盛名与荣耀近在眼前，卢纶却不幸去世。

> 故关衰草遍，离别自堪悲。
>
> 路出寒云外，人归暮雪时。

他一生八面玲珑，一生权贵之友，一生颠沛不幸，一生堪堪错过。

诗人最讲究风骨，最珍惜自己的羽毛，他又怎会愿意游刃于人情世故呢？说到底，卢纶只是个可怜人。他一遍遍受挫，一遍遍明白，只有放下身段，去搏，去争取，去反客为主，才能获得自己想要的东西。

然而卑微至此，也无法改变命运施加在他身上的不幸。

世道混沌，倘若有一丝生机，以卢纶的天赋和才华何至于此？他是一个可塑之才，粗布草履也罢，锦衣华服也罢，只要他愿意，举手投足之间可贵气逼人，可潇洒从容，可悲悯众生，收放自如。

只是崎岖的命运没有给他这个机会，正如卢纶在《裴给事宅白牡丹》中讽刺道：

> 长安豪贵惜春残，争玩街西紫牡丹。
>
> 别有玉盘承露冷，无人起就月中看。

残春时节，唐朝京城权贵一窝蜂地争抢妖艳的紫牡丹，紫牡丹的价值并不高，仅仅只是因为流行而已，多么愚蠢、轻浮。而角落里，一朵朵盛开且美洁的白牡丹，在月色下如玉盘盛着冷露般清雅绝伦，却无人欣赏它们。

花如是，人如是。

浪花淘尽，青山依旧，时光流转，岁月总在重复。

盼今朝没有可怜人，盼今朝开遍白牡丹。

诗人小传

卢纶（739—799年），字允言，河中蒲县人，唐代诗人、儒客名家、大历十才子之一，代表作有《塞下曲》等。天宝末年曾中进士，遇乱不第。代宗朝重新考试，屡试不第。后与权贵大僚、封疆大吏、重要朝官交往甚密，受到宰相元载、王缙等赏识推荐步入仕途。

李益：负心汉的自我救赎

写情

水纹珍簟思悠悠，千里佳期一夕休。

从此无心爱良夜，任他明月下西楼。

他做了一个很长的梦。梦里莺歌风依依，良辰美景奈何天。

赤罗袍，蝶翼带，红绿帔子，霍小玉楚楚动人地缓步走来，手捻成兰花状，口中吟唱着顺耳的诗词。待脚步近了，她翩若弱蝶盘膝而坐，依着他的肩，握着他的臂，一双流水的眸子回首望着他，痴痴地笑："一生欢爱，愿毕此期……"

话没听完，囹圄漆黑，他一噎梦醒。满额冷汗，嗓口如塞大枣，出不了声。

李益盯着房梁，喘吁好久，顿了顿，发现枕边人跟梦里人的相貌完全不同。这是一张非常陌生的脸，揉眼细看，肉厚、身干、色衰……十分难看。他才想起来，她不是霍小玉，她是表妹卢氏，是洛阳名门望族的后代，是他明媒正娶的发妻。

他安静地躺着，又一次想起五年前。

花枝叠影，春水涟漪，那时唐朝的青楼非常热闹。楼中女子仪态万千，精通琴棋书画，引人流连忘返。在长安，疲于赶考的文人墨客喜欢来青楼消遣，无论能否金榜题名，他们的眉眼里总有化不开的似水柔情。

在青楼，李益结识了一个女子，叫霍小玉。

霍小玉是霍王府流落出来的小女儿，性情高洁，温和宛媚，即便沦落青楼，也与寻常女子不同，是叫人瞧上一眼就难以忘记的人物。她很喜爱李益的才华，经常把他的诗唱成曲子，譬如闺怨诗《江南曲》：

> 嫁得瞿塘贾，朝朝误妾期。
> 早知潮有信，嫁与弄潮儿。

某天，她遇见李益，更觉得命定终生了。

同样，李益也爱慕她，爱她年轻美好的姿色。

正情投意合时，霍小玉突然哭了："妾本倡家，自知非匹。今以色爱，托其仁贤。但虑一旦色衰，恩移情替，使女萝无托，秋扇见捐。极欢之际，不觉悲至。"她自知自己的身份配不上李益，一个是青楼女，一个是科考才子，恐怕日后终有一别，如女萝失去良木的依托，秋天的扇子被人丢弃。情动之下，泣不成声。

李益一怔，险些落泪："粉骨碎身，誓不相舍。夫人何发此言？请以素缣，着之盟约！"白纸黑字，他亲手写下赠予她的诺言。

如此欢爱两年后，大历六年，李益参加了制科考试，被授予郑县主簿的职位。时间过得飞快，一转眼，他变成朝廷命官，不再是当初混迹青楼的小书生了。

霍小玉是个懂得审时度势的聪明女人，也是个大度的女人，但在爱情这件事上，聪明和大度起不到任何帮助。

她眼见李益越飞越高，越飞越远，知道当初的承诺只是一纸空谈，于是，她主动让步，颇有气度地说："妾年始十八，君才二十有二。迨君壮室之秋，犹有八岁。一生欢爱，愿毕此期，然后妙选高门，以谐秦晋，亦未为晚。妾便舍弃人事，剪发披缁，宿昔之愿，于此足矣。"意思是，我今年十八岁，你二十二岁，离三十岁还有八年。我想与你相守八年，就当是共度一生了，此后，你尽管去娶其他女子，结秦晋之好，也不算晚。而我会剪掉长发，皈依佛门，此生心愿就此满足了。

人非草木，孰能无情。每一场爱情的陨落，都意味着清白与青春付之东流，她又怎会甘愿让步呢？只是对于她来说，胜败都是煎熬。

李益的气势瞬间弱了下来，心底惭愧，诚恳地向她许诺，等他从洛阳归来，一定娶她为妻。

但那些一拖再拖、不肯醒来的，都是梦境。

李益一去不返。在洛阳，他听从母亲的安排，与表妹卢氏订下婚约，忙着四处筹备。而在此期间，他甚至不敢向霍小玉传消息，还跟亲戚朋友打了招呼，不让他们将此事告诉霍小玉。

就这样空等，一年又一年。霍小玉变卖了金银首饰，想尽一切办法打听消息，最后实在没有主意，竟连占卜卦象都用上了，即便如此，还是等不到自己的郎君。直到有一天，李益的表弟崔允明告诉她真相，一切才水落石出。

由爱生愤，霍小玉知道了李益的下落，便一再让人请他过来。但李益哪里还有颜面面对霍小玉？根本不肯前去。霍小玉气到病倒，汤药不离身，每日神色恍恍，形销骨立，命不多时的样子。某天，有人假装邀请李益上门做客，终于把李益骗到霍小玉的住处。

推开门，一桌宴席，霍小玉坐在席间，清酒一杯，横洒地上。

"我为女子，薄命如斯！君是丈夫，负心若此！韶颜稚齿，饮恨而终。慈母在堂，不能供养。绮罗弦管，从此永休。徵痛黄泉，皆君所致。李君李君，今当永诀！我死之后，必为厉鬼，使君妻妾，终日不安！"她砸碎酒杯，声嘶力竭地恶咒他。

李益被她拉住胳膊，眼睁睁地看着霍小玉死在怀中。

她本来一双笑得明媚动人的眼，永远停留在了静好岁月，而高冠长袍的男子就站在她的身侧，望着。

儿女情长在李益的眼里是可以抛弃的东西，可霍小玉却相信了。她以为她的李郎会为了她回头，她以为只要她比其他女子更爱他，她喜欢的那个少年便可以带她远走高飞，至少给她最后八年的欢乐时光。

她想象他带着她同去长安后的生活。远离青楼，远离世俗，她会是他的妻子，相夫教子，相敬如宾。她的身段放得很低很低，低到尘埃里，一次次退步，可她却不知道，所谓的婚姻，仍然是一场权力嫁接，为了争名夺利，他们可以抛弃真善美。

她爱慕已久的李郎，竟是这样的人，多么可笑。她以死来剪断半生美好的寄托。

一个多月后，李益与卢氏结婚。

婚后，李益经常出现幻觉，看见貌美的男子朝妻子招手，还有人向妻子暗递秋波……他焦虑至极，总认为有人要夺走他的妻子，每次出门前，都要把妻子锁在家中，甚至用浴桶将妻子完全盖起来。疑到深处，他逐渐向妻子施以拳脚，最终休妻。

往后的年月里，他与其他妻妾的关系皆是如此，被世人嘲笑患有"李益疾"。《旧唐书·李益传》记载："少有痴病，而多猜忌，防闲妻妾，过为苛酷，而有散灰扃户之谭闻于时，故时谓妒痴为'李益疾'。"

直到现在，"李益疾"也用于指代性格孤僻、忌妒成性。

从此无心爱良夜，任他明月下西楼。

霍小玉的饮恨而死，给李益留下了难以痊愈的心理创伤。他活到八十岁，是唐代最高寿的诗人之一，但患有"李益疾"的他，能否在夜晚高枕无忧？他的身边还有没有像霍小玉这样的贴心人？

一日日老去了。他站在镜子前审视自己，临牖微风拂动，竹林纷纷惶惶。这风声很耳熟啊，轻得像脚步，疑是故人来。是风吗？或是她。

他观望了很久，吟诗：

万事销身外，生涯在镜中。

惟将两鬓雪，明日对秋风。

他成为镜中衰败的老人，鬓角染上雪色，身在凄凉秋风，一边活着，一边忍受无尽的折磨与嘲讽。他想，这么多年过去，往事可以一笔勾销了吧？

托君休洗莲花血，留记千年妾泪痕。

没有人回答他，只有秋风穿过竹林，孤独的飒飒声。

诗人小传

李益（约750—约830年），字君虞，陇西狄道人，唐代诗人。以边塞诗最为有名，中唐边塞诗的代表人物，有"中唐七绝之冠"的美誉。享年八十余岁，是唐代最长寿的诗人之一，代表作有《送辽阳使还军》《夜上受降城闻笛》等。此外，唐朝传奇名篇《霍小玉传》记录了他与霍小玉的悲剧爱情故事，明代汤显祖据此演作戏曲《紫钗记》，广为传唱。

孟郊：献出游子心，甘愿诗一生

登科后

昔日龌龊不足夸，今朝放荡思无涯。

春风得意马蹄疾，一日看尽长安花。

在唐朝，最悲惨的人莫过于出生在盛唐，成长在中晚唐，亲眼见证了一个时代的光明与堕落。而光明越是耀眼的地方，黑暗就越发显得深不可测，就像烟花绽放到最灿烂之后出现的衰势，就像诗仙与诗囚的巨大差别，让人不忍。

"诗仙"是清逸脱俗的美誉，而"诗囚"却是指耽溺作诗、为诗所囚的诗人。这位诗囚，写出了传颂青史的"慈母手中线，游子身上衣"，用"春风得意马蹄疾，一日看尽长安花"留下了两个成语：春风得意，走马观花。

他就是孟郊，我们记忆中的游子，那个在灯火下，依稀看着母亲缝缝补补的少年郎。

战后的大唐没有了往日的繁荣和安详，取而代之的，是满目的疮痍和毫无生气的黎民。

孟郊出生在 751 年，没满十岁就经历了安史之乱。

曾经，他的父亲、兄弟、朋友，眼睛雪亮纯净，而现在，他们漆黑的瞳仁飘忽不定，不知所措，跌跌撞撞。小时候，孟郊和他们一样，满眼都是无辜、鲜血，毁于旦夕的家园，永远的伤痛。

到了青年，孟郊感觉非常疲惫，产生了避世的想法，于是在河南嵩山隐居，这样的日子过了很长时间。

在古代，隐士选择隐居地点，不只是选择一个住所，也是在选择符合自身品性的同类。《诗经》说："嵩高惟岳，峻极于天。"还有人说："嵩山总有一份孤独又苍老的品性。就像人一样，一旦到了很老很老的年纪，就变得沉默寡言。"生性孤僻的孟郊，就如嵩山一样志高且沉默。

在隐居的岁月中，孟郊偶然结识了比自己小十七岁的韩愈。

韩愈被后世评为"唐宋八大家"之首，宋代的苏轼专门写了一篇《潮州韩文公庙碑》盛赞他"文起八代之衰"。意思是韩愈改变了东汉、魏、晋、宋、齐、梁、陈、隋这八个朝代的文学衰败局面。

那时，韩愈名声未显。孟郊不爱交朋友，很少和别人往来，与他"耻与新学游，愿将古农齐"的脱俗思想有关。但韩愈却对他一见如故，两人在诗词的风格等主张上也有类似观点，便成了朋友。《旧唐书》说孟郊"性孤僻寡合，韩愈见以为忘形之"，随后，他们经常在一起喝酒作诗，彼此相交二十余年。后来，两人的诗作也被归为"韩孟诗派"。

多年之后，孟郊出山。

彼时是贞元八年，他四十二岁，与韩愈一同前往京城参加科举考试。结果很尴尬，韩愈考上了，他却没考上。

时至中年，输给比自己年幼的学子，实在是一件没有颜面的事情。好在，韩愈是他的朋友，重情重义，也深知孟郊的才华之高，专门写了一篇《长安交游者赠孟郊》安慰他：

长安交游者，贫富各有徒。

亲朋相过时，亦各有以娱。

陋室有文史，高门有笙竽。

何能辨荣悴，且欲分贤愚。

不久，韩愈又写了一篇二百七十字的《孟生诗》来赞美孟郊的才能品性。锦上添花容易，雪中送炭难得，可见，韩愈与孟郊的关系甚好，而孟郊也的确有才华。

贞元九年，也就是一年后，孟郊再次落第。他几欲放弃，但母亲劝他苦读三年后再来参加科考。孟郊重视亲情，不忍看母亲伤心，便答应下来。贞元十二年，他重新出发，第三次考试终于进士登第。

兴奋之余，孟郊骑着高头大马，游于长安，高声吟唱："昔日龌龊不足夸，今朝放荡思无涯。 春风得意马蹄疾，一日看尽长安花！"

这是他失意人生中唯一的得意。

四年后，孟郊开始做官，任溧阳尉。这一年，他把母亲接到身边，结束了他五十年的漂泊生涯，也留下了千古名篇《游子吟》：

慈母手中线，游子身上衣。

临行密密缝，意恐迟迟归。

谁言寸草心，报得三春晖。

一切看似好转，但是素来听话的孟郊顺从母亲的意愿，坐上溧阳县尉的位置之后，一直闷闷不乐。

他热爱写诗，除了诗，除了思想、现实、真实的情感，其他东西不能让他真正喜悦起来。繁杂又无聊的官场生活，更让他觉得失去了自由的灵魂。

孟郊开始了他五十岁的"叛逆"。

他把官位让给别人代理，俸禄也分别人一半，因此变得非常贫困。

三年后，他辞去官职，生活也更加落魄，简直是一穷二白。没有人明白他为什么这么做，为什么穷困潦倒，依然要舍弃官位；为什么家徒四壁，仍要不停写诗。答案只有一个：诗如泉水，苦难是诗的泉眼。

元和元年，孟郊穷苦至极。"借车载家具，家具少于车。"

他只好重新做官，并定居在洛阳立德坊。但好景不长，他的儿子接连死去，丧子之痛给孟郊带来了刻骨的打击。数十年如一日，他看尽民间苦难，往后的诗作中总是哀叹世态炎凉，故而，孟郊被刻上"寒"字——与贾岛齐名，人称"郊寒岛瘦"。

他写有一篇带"寒"字的诗，名为《寒地百姓吟》，全诗冷气梳骨，描写的民间情形也格外惨痛：

无火炙地眠，半夜皆立号。

冷箭何处来，棘针风骚骚。

霜吹破四壁，苦痛不可逃。

高堂捶钟饮，到晓闻烹炮。

寒者愿为蛾，烧死彼华膏。

华膏隔仙罗，虚绕千万遭。

到头落地死，踏地为游遨。

游遨者是谁？君子为郁陶！

穷苦的人家没有柴火取暖，夜里冻醒了只能站着睡觉。不知从哪儿窜来的冷风，像密密麻麻的箭和针扎在身上，霜雪灌满整个屋子，让人无处可逃。与此同时，富贵人家却在钟鸣鼓乐，天都亮了，烹制佳肴的香气还没有消散。

那些可怜的"寒者"，宁愿化成飞蛾被火焰烧死，也想靠近富贵人家的灯烛取暖觅食。可惜，灯烛被丝绸罗布罩住，任凭飞蛾纠缠也无法真的靠近。到头来，飞蛾只有饿死和冻死的命运，掉在地上，最后还要被堂中游玩的人践踏……

另外，孟郊还写过一首浅显易懂的《织妇辞》，诗言："如何织纨素，自著蓝缕衣。官家榜村路，更索栽桑树。"织女织出素锦，只能穿着破烂衣服，官差却在村路上张贴告示，要求大家种植桑树。

孟郊重道德，守古遗，"自是君子才，终是君子识"，他用一支质朴的、古拙的、敦厚的瘦笔，狠狠揭露了社会的阶级矛盾、贫富差距，字烈句坚，直入人心，痛诉着统治阶级和黎民百姓的差距。

闻一多先生评价孟郊："最能结合自己生活实践继承发扬杜甫写实精神，为写实诗歌继续向前发展开出一条新路的，似乎应该是终身苦吟的孟东野。"

苦调竟何言，冻吟成此章。

世间，端丽容易，静默容易，落花流水春去也容易。不容易的是，变成老树的根，莲叶下的茎，秋雨里的山泥。真相通常是不美的，却是必要的。

孟郊病逝之后，邑人设立了孟郊祠，南宋期间重建，清乾隆年间修补复建，前前后后经历四次建造修补，孟祠才得以出现在今人眼前。

孟祠内有楹联，诉尽功德：名诗一首抒尽人间母子情，巨篇五百咏遍天下平民心。

诗人小传

孟郊（751—814年），字东野，湖州武康人，唐代著名诗人，世称"诗囚"，与贾岛齐名，并称"郊寒岛瘦"，代表作有《游子吟》《感怀》《伤春》等，享年六十四岁，张籍为其立谥号"贞曜先生"。诗风古朴，思想复古，"慈母手中线，游子身上衣"最为唱响。存世诗作五百多首，传有十卷本《孟东野诗集》。

韩愈：铁骨铮铮化运命，一声文公千世名

左迁至蓝关示侄孙湘

一封朝奏九重天，夕贬潮州路八千。

欲为圣明除弊事，肯将衰朽惜残年！

云横秦岭家何在？雪拥蓝关马不前。

知汝远来应有意，好收吾骨瘴江边。

中国传统文化中绵延着一股强大不竭的精神力量：家国情怀。

孟子曰："天下之本在国，国之本在家，家之本在身。"

屈原的《离骚》："亦余心之所向兮，虽九死其犹未悔！"

范仲淹也说："先天下之忧而忧，后天下之乐而乐。"

从古至今的文人志士，心中都涵养着《礼记》中"修身、齐家、治国、平天下"的处世追求和伟大理想，这种深厚浓郁的家国情怀也深深影响了中国人的思想观念和审美取向。所以，我们仍能在古籍中听见他们最鲜活的呐喊。

作为"唐宋八大家"之首的韩愈，更是用一生来诠释"修身、齐家、治国、平天下"的人文理想。

大历三年，韩愈出生在河南河阳。

牙牙学语之际，父母早亡，韩愈顷刻间成了孤儿。

无奈之下，父亲的兄嫂主动担任起抚养孩子的责任。只可惜，困苦的家庭不能提供优渥的生活条件，只能满足衣食温饱。韩愈九岁那年，叔叔又遭到权臣元载的连累，不幸被贬，加之疾病在身，没多久就病逝在任上了。

嫂嫂牵着韩愈的小手，从韶州回到河阳，先在老家好好安葬了丈夫，又带着韩愈南下，颠沛的生活终于在宣州有了一个停顿。

家，依旧是贫寒的家，韩愈年纪虽小，却很懂事，明白这样下去不是长久之计。

他只是一个孩子，平凡又普通，"修身、齐家、治国、平天下"离他太遥远了。韩愈想要改善现在的生活，只能从读书做起。只有书读好了，才能有更多的选择。

有人读书，要找很远的学堂，又聘请价格昂贵的教书先生，坐在金玉厅堂里，才心满意足。而有人读书，熬夜秉烛，苦抄原本，一日不读书便觉得日子黯淡，堆在桌上的纸笔倒似亲人了。

韩愈是后者。与同龄的孩子们不一样，他很爱读书，而且无须他人的奖励，就能在家中穿着素服一心读书。旧木门、泥墙、昏灯，他每天背诵成百上千字，稍微长大一些，又通读《六经》和百家的学问，慢慢有了一种火候，厚重，有力道。

这种心无旁骛的勤勉贯穿了他的一生。

贞元二年到贞元八年，韩愈从十八岁成长到二十四岁，总共参加了四次科考。最后一次，他才考中了进士。

十年窗下无人问，一朝成名天下知。就在他以为柳暗花明的时候，嫂嫂去世了，自己也在吏部的"博学宏词科"考试中挂科了。

"博学宏词科"是一门很难通过的考试，既要求"博学"，又有"宏词"。唐朝的大诗人李商隐形容这门考试："夫所谓博学宏辞者，岂容易哉？天地之灾变尽解矣，人事之兴废尽究矣，皇王之道尽识矣，圣贤之文尽知矣，而又下及虫豸、草木、鬼神、精魅，一物已上，莫不开会。此其可以当博学宏辞者邪？恐犹未也。设他日或朝廷或持权衡大臣宰相问一事、诘一物，小若毛甲，而时脱有尽不能知者，则号博学宏辞者，当其罪矣。"

考生不仅要上知天文、下知地理，还得了解各种古怪事物，而且，若有一天被朝廷大臣问起什么，通过"博学宏词科"考试的考生如果答不上来，就会被论罪。可想而知，寒门学子出身卑微，未尝开阔眼界，自然会被这项听起来基础、实则门槛很高的考试挡在门外。

另一边，婶婶亡故，韩愈必须回到河阳守丧。

两年后，韩愈重新参加"博学宏词科"考试，失败了。第三年，他再次赶考，依然失败。

就这样连连失败了三次，他没有再考，转身投入幕府。

唐代，藩镇的将领拥兵自重，幕府林立。幕府愿意接纳文人来扩充实力，也就成了一些文人的避难所。

贞元十二年，二十八岁的韩愈前往宣武节度使董晋所在的幕府，等到夏天，他得到了董晋的推荐，终于获得了一个官职。三年后，董晋去世，韩愈离开了洛阳，转至徐州。唐朝大将张建封恰好住在徐州，他听说过韩愈的名声，便聘请他到自己的府署，当节度推官。

三十一岁的韩愈，又有了一个落脚点。张建封对他不错，还让他去长安参加"朝正"[1]。不过，幕府是个"一荣俱荣，一损俱损"的地方，对韩愈来说，留在幕府也不是长久之计。

想到这一点的韩愈，踏上前往长安之路，义无反顾地投入吏部考试。

幸运的是，这一次他通过了考试，担任起国子监四门博士的职位，两年后升为监察御史。

时值唐德宗在位期间，韩愈曾多次向唐德宗进谏有关民间灾难和朝廷漏洞的良言，他看见民间"夏逢亢旱，秋又早霜，田种所收，十不存一"的惨象，百姓穷苦到"弃子逐妻以求口食，拆屋伐树以纳税钱"的地步，而奸臣却向上禀报百姓安居乐业，于是，他无比气愤地写下《论天旱人饥状》，提议减免税赋。唐德宗不仅不听，还将他贬为连州阳山县令。

往后十几年，他被一贬再贬。直到元和年间，韩愈干了一件让天下人诧异的大事。

中唐佛教兴盛，与儒、道形成了"儒释道"三教鼎足的局面。甚至某些皇帝都成了佛教的信仰者，比如唐宪宗。

元和十四年正月，唐宪宗派人去凤翔"迎佛骨"。传说，凤翔有一座名寺，叫法门寺，法门寺里供奉着释迦牟尼佛的指骨，拜见过这根指骨的人都能万事如意。唐宪宗痴迷佛教，想将"佛骨"移到长安来瞻仰。作为皇帝，这种偏好一定会引来天下子民效仿，有人倾家荡产供佛，有人在头顶和手臂上灼烧烫疤，还有无数人向迎佛的队伍撒钱，举动愈发疯狂。

---

[1] 大臣在新年向皇帝拜贺的年会活动。

韩愈看不下去，写了一篇《论佛骨表》交给皇帝。

"汉明帝时，始有佛法，明帝在位，才十八年耳。其后乱亡相继，运祚不长。宋、齐、梁、陈、元魏已下，事佛渐谨，年代尤促。惟梁武帝在位四十八年，前后三度舍身施佛，宗庙之祭，不用牲牢，昼日一食，止于菜果，其后竟为侯景所逼，饿死台城，国亦寻灭。事佛求福，乃更得祸。由此观之，佛不足事，亦可知矣。"

好一句"乱亡相继，运祚不长""事佛求福，乃更得祸"！唐宪宗收到这篇谏言，气得火冒三丈，扬言要处死韩愈，最后被臣子们拦住，才将韩愈贬为潮州刺史。而此事一直流传至今，也成为中国历史上儒佛矛盾斗争的重大事件之一。

其实，唐宪宗并非昏君，他也能理解韩愈的心思，但韩愈出言不逊，实在让他大为光火："愈言我奉佛太过，我犹为容之。至谓东汉奉佛之后，帝王咸致夭促，何言之乖刺也？愈为人臣，敢尔狂妄，固不可赦。"

另一边，韩愈也非常委屈，苦吟："一封朝奏九重天，夕贬潮州路八千。欲为圣明除弊事，肯将衰朽惜残年！"

用元朝高明《琵琶记》中的一句来形容韩愈的心情，可谓恰到好处：我本将心向明月，奈何明月照沟渠。

长庆二年，韩愈五十四岁，他又做了一件胆大的事，让朝臣甚至皇帝都佩服他的胆识。

当时唐穆宗在位，地方动乱，镇州的军队倒戈杀死了长官田弘正，困住了将领牛元翼。皇帝派韩愈去跟叛军沟通。这是个送死的活，基本上有去无回。

宰相元稹摇头叹气："韩愈可惜了。"

唐穆宗也有些后悔的意思，跟韩愈说："度事从宜，无必入。"等于打个圆场，让韩愈不要深入敌军。

不料，韩愈是个铁骨铮铮的人，当着叛军的面就进去了。

在一堆刀枪剑戟的包围下，韩愈如羊入虎口。他冷静地坐下，反问叛军："皇帝认为你们有将帅之才，才这样培养你们，你们岂能做了叛军？从天宝年间至今，安禄山、史思明、李希列有一个活下来吗？他们的儿子孙子呢？有做官的吗？"

叛军想到长远的命运，气势弱了下来，回答："没有。"

韩愈继续说："我知道，田弘正为人刻薄，容不下你们，但你们也杀了他和他的家人，还有什么不满意的？现在，你们把牛元翼放了，就当一切事情都没发生。"叛军顺从了韩愈的意思，韩愈也安全地回到朝廷。

此时，他的名声已经遍布朝野。

名声原本不重要，一个孤儿能走向自我最高的境界才实属不易。

韩愈，无所畏避，操行坚正，低调而骄傲，既有家国情怀，又是难得一见的"百代文宗"。他的清气，是模仿不来的浩然正气，宛如在读史书，隆重敦厚，让人心里起了敬重。

年轻人一般喜欢李白的浪漫，辛弃疾的豪放，不一定喜欢韩愈。然而韩愈的美好，是更深层次的美好。

不外露是一种大美。一个人的修炼，是把岁月叠加给自己的疼痛化为力量，一颗赤心永远澎湃，永远热泪盈眶，结出坚定饱满的果实，让人尝到潜在的、更具风味的滋味。

至今，他的《师说》《马说》被当作教材，他的思想仍被后人推崇。做人能做到韩愈的份儿上，敢发思想之先声，敢立时代之潮头，不愧"百代文宗"的美誉。他也给古往今来钻营生计的小人摆出了活生生的例子。

人生很多时刻，成与败、美与丑、枭雄与狗熊，就在一念间。

诗人小传

韩愈（768—824 年），字退之，河南河阳人，自称"郡望昌黎"，世称"韩昌黎""昌黎先生""韩文公"等。唐代著名文学家、思想家、哲学家、政治家，"唐宋八大家"之首，"千古文章四大家"之一，唐代古文运动的倡导者，尊儒反佛的里程碑式人物。另有"文章巨公""百代文宗"的美誉，代表作有《韩昌黎集》等。

白居易：下山去，不问身前身后名

赋得古原草送别

离离原上草，一岁一枯荣。

野火烧不尽，春风吹又生。

远芳侵古道，晴翠接荒城。

又送王孙去，萋萋满别情。

贞元三年，十六岁的白居易来到长安游玩，他把诗卷藏在袖子里，去拜访京城名流。

有一位叫顾况的名流接见了白居易。顾况既是诗人，又是画家，他恃才傲物，经常瞧不起别人。所以，当他初次听到白居易的名字，就嘲笑他说："长安的物价很贵，你想要'居'下来，可是一件不容'易'的事啊。"

白居易面色不改，交上自己的诗作。

顾况本不以为然，不曾想开篇第一句就令他折服。

"离离原上草，一岁一枯荣。野火烧不尽，春风吹又生。"读完，他忍不住连连赞叹："我以为能作这样文章的人都灭绝了，没想到看见了你，我收回之前的话，像你这样有才华的人，想要居住在天下的任何地方都可以呀!"

艰苦的童年,过早地锤炼出白居易的才华。

大历七年正月,藩镇割据严重,河南地域被瓜分惨重,战火纷腾,民不聊生,更大规模的战争似乎会随时打响。就在此时,一个"世敦儒业"的小家族里传来一阵婴儿的啼哭,父母为婴儿取名"居易",希望他能够在动荡的乱世安安稳稳活下来。

彼时,白居易的父亲白季庚只是一个小小的县令,好不容易升迁徐州,却因徐州战事紧张,不得不为孩子的安危着想,迁家宿州。

离开故土,在陌生的宿州,白居易度过了童年时光。小小的眼睛,张望着大大的世界,耳边听到的都是噩耗,哪里起兵了,哪里打了败仗,父亲作为官员出任徐州,很可能丢了性命。数不清的焦虑给他的童心蒙上一层阴影,慢慢地,就像一颗种子根植在潜意识深处,被岁月浇灌不断成长。

在石缝中发芽的野草籽,面对不美好的宿命,必定活得更加坚韧。

白居易九岁知晓声韵,十五六岁初次知道科考高中的荣耀,于是发奋苦读。

男儿欲遂平生志,勤向窗前读六经。

他在写给元稹的信中提到:"二十已来,昼课赋,夜课书,间又课诗,不遑寝息矣。以至于口舌成疮,手肘成胝。既壮而肤革不丰盈,未老而齿发早衰白;瞥瞥然如飞蝇垂珠在眸子中者,动以万数……"他日夜读书,顾不上休息,导致口舌生疮,手肘磨出茧子,皮肤老化,头发也变白了,过度劳累的眼睛仿佛能看见数以万计的蚊子飞来飞去。

皇天不负苦心人，通过重重考试选拔，白居易从校书郎一职，升到翰林学士，又调任左拾遗，受到皇帝的赏识。

不幸的童年使白居易滋长了气血和斗志，也让他在处理政务上显得过于严苛。

该他管的事他管，不该他管的事，白居易也管。看见哪里不对，他就向皇帝告状，甚至对皇帝的言行举止也多次提出意见，搞得皇帝和大臣很不高兴。

唐宪宗曾向其他臣子抱怨："朕当初欣赏白居易的直言敢谏，提拔他当官，结果他现在口无遮拦，对朕很无礼，朕实在是无可奈何！"

白居易心里明白，只能向朋友诉苦："大家听到我的《贺雨诗》，就开始喧嚷，认为不合适了；听到《哭孔戡诗》，他们的脸上写着不悦；再听《秦中吟》，在座的权贵财阀就开始对视，脸色都变了；等听到《登乐游园》时，管理朝政的人都会扼腕叹息；最后听《宿紫阁村》一诗，手握军权的人对我咬牙切齿！"

说实话容易得罪人，这个道理，人人都懂。

其实，白居易也懂得油滑的道理，但"文章合为时而著，歌诗合为事而作"，如果他不契合社会形势和问题去表态，和别人一样，只聊些琐碎、无聊的事，那么，他的诗词文章就没有任何意义，又怎配当一个书生呢？

他只是希望世间更好，不希望再有人经历悲哀的童年。

只有爱情、亲情、友情才让人感动吗？白居易写过一首极具特色的诗，叫《卖炭翁》。如果你亲眼见过卖炭翁，感同身受过一个老人家遭受欺压的无奈，绝对会爱上白居易，爱上这个有血有肉有泪的男人。

> 卖炭翁，伐薪烧炭南山中。
>
> 满面尘灰烟火色，两鬓苍苍十指黑。
>
> 卖炭得钱何所营？身上衣裳口中食。
>
> 可怜身上衣正单，心忧炭贱愿天寒。
>
> 夜来城外一尺雪，晓驾炭车辗冰辙。
>
> 牛困人饥日已高，市南门外泥中歇。
>
> 翩翩两骑来是谁？黄衣使者白衫儿。
>
> 手把文书口称敕，回车叱牛牵向北。
>
> 一车炭，千余斤，宫使驱将惜不得。
>
> 半匹红纱一丈绫，系向牛头充炭直。

一个老翁，白发苍苍，形单影只，拖着炭车蹒跚在一尺厚的雪地里。他穿得格外单薄，却还在祈祷天气更冷些，因为这样炭会更容易卖出去。不料，转角碰见官差，他们骑着大马，差遣老翁把用来糊口的炭火送到宫中，最后丢给他半匹红纱布和一丈白绫，就当作炭价了。

世间不公，缄默不言者尽是帮凶。

读白居易的诗，不仅有人情味，更有警钟长鸣之音。他教天下人面对一切苦难，不可无动于衷，不可熟视无睹！

元和六年，白居易的母亲外出赏花，不慎落井而死，白居易回家守孝三年，暂停了官场生涯。

三年后，他重新回到官场。白居易还是那个白居易，而朝廷已经不是当初的朝廷了。

当时，宰相武元衡刚刚遭遇暗杀，白居易大为震惊，立马向上谏言，劝皇帝严查凶手。结果，暗杀宰相的事尚且没有答案，不知是谁告了他一状："其母观花落井，白居易却写言词艳丽的'赏花''新井'诗，言既浮华，行不可用。"

白居易是一个诗人，早年间写过各类诗词，不是很正常吗？如今，被莫名其妙告状，皇帝却意外地听信了。

也许，这是一场蓄意已久的打击报复，也许，是皇帝认为他不适合侍奉君主。反正应了那句老话：欲加之罪，何患无辞。

就这样，白居易被贬为江州司马，在江州，写下了经典之作《琵琶行》，也留下了我们熟知的那句"江州司马青衫湿"。

这次的贬谪直接造成了白居易心态的转变。"穷则独善其身，达则兼济天下。"他从忠诚耿直的文人志士，转变成纵情作诗的闲人。

他隐约懂了，下山的意义。

下山属于另一种人生境界，既明且哲，以保其身，不是丢人的事。懂得悬崖勒马，才能不管遇到再多的困难、再大的挫折、再窘迫的困境，都能平平安安活下去。

被贬江州后的十余年，白居易开始信奉佛教。对他来说，从佛教的教义中能找到继续善良下去的理由，也能承载他受伤的心灵。流水的光阴里，他也升迁过，但他自知争斗不过朝中党羽，索性不争，主动让自己闲散下来。

他爱上喝酒。

他喝醉了，就自嘲："莫上青云去，青云足爱憎。自贤夸智慧，相纠斗功能。鱼烂缘吞饵，蛾焦为扑灯。不如来饮酒，任性醉腾腾。"

他想到年岁大了，就趁着酒劲说："四十至五十，正是退闲时。年长识命分，心憺少营为。见酒兴犹在，登山力未衰。吾年幸当此，且与白云期。"

日子渐渐过去，他彻底悟透了下山的意义："人生处一世，其道难两全。贱即苦冻馁，贵则多忧患。唯此中隐士，致身吉且安。穷通与丰约，正在四者间。"顺其自然，是一种"易"，一种适可而止的智慧。

后来，朝廷把宰相的位置捧到白居易面前，他拒绝了。

在洛阳，白居易过着极其舒心的养老生活。喝酒赏花，游船看景，心情一好，诗也换了风格。

闲暇时，他忆一忆江南美景，道是："日出江花红胜火，春来江水绿如蓝。能不忆江南？"

冬天，他做东请酒，"绿蚁新醅酒，红泥小火炉。晚来天欲雪，能饮一杯无？"

在容易犯困的春日去钱塘湖踏青，感叹："乱花渐欲迷人眼，浅草才能没马蹄。最爱湖东行不足，绿杨阴里白沙堤。"

最后，世称"诗魔"的白居易乐享晚年，葬在了香山。

有时候，越是急于攀登，人的命运反而越粗陋、越浅薄。

高处的新鲜风景，本质上不一定比山下更优美，许多人被这"甜头"欺骗，便认为人人都想上山，人人都会下山。一旦持有执念，也就无法探究关于下山的奥秘了。

而下山之路，顺应自然，能给予我们莫大的舒缓和安慰，也使得每个人都能够尽情地伸展灵魂，变得蓬松，变得柔软，自然熠熠生辉。

下山，能使人保持纯净、灵气不绝。

兴许这正是我们所需要的。

诗人小传

白居易（772—846年），字乐天，号香山居士，又号醉吟先生，河南新郑人。中唐现实主义代表诗人，世称"诗魔""诗王"，代表诗作有《长恨歌》《卖炭翁》《琵琶行》等。曾倡导新乐府运动，诗词多平易通俗，主张"文章合为时而著，歌诗合为事而作"。与元稹合称"元白"，与刘禹锡合称"刘白"。逝于洛阳，葬于香山。

元稹：有的爱情，只适合燃烧，不适合相守

离思

曾经沧海难为水，除却巫山不是云。

取次花丛懒回顾，半缘修道半缘君。

中华文明昌盛繁荣，千百年的创作与传承，沉淀出最古老的精粹和精魄。它们大多专注对人物精神形象的捕捉和延展，折射人物内在品格。

譬如四大名著，也譬如流传甚广的民间戏本《西厢记》。而《西厢记》的前身，其实是元稹的自传"初恋"小说《莺莺传》。有诸多情史的元稹，凭借一句"曾经沧海难为水，除却巫山不是云"笼络无数人心，他仿佛是天底下最痴情的才郎，但其实是大唐第一"渣男"。

先说他的初恋崔莺莺。

贞元十五年，元稹恰满二十岁，正是风华正茂的年纪。也正是这一年，他在蒲州认识了母亲家族的远亲，崔莺莺。

崔莺莺是一个颇具才情的女子，而且相貌清丽，可谓才貌双全。而且，崔莺莺家中十分富有，腰缠万贯，寻常人家根本不能

与之匹敌。按理说，如此近乎完美的女人应该得到一段最幸福的婚姻，但她遇到的，偏偏是元稹。

元稹是鲜卑族人。元氏一家长期定居在繁华的洛阳城，上数五代都有在朝为官的经历，所以，他自幼在这种环境中长大，也比别人更想追求"官路"，也比别人更懂得如何在官场这座山上"攀登"。

唐朝科举考试之难，拦住了无数大才子，但拦不住世代为官的元家子孙。

元稹九岁就会写文章，十五岁参加了朝廷设置的两门考试，两次均及第了。他是极具天赋的，天生聪颖，家底子又厚，将来必能一展宏图！

接连胜利的滋味，也让元稹尝到了英年有为的甜头，迅速地，一股力量盘桓在他心中。毕竟，"三十老明经，五十少进士"，消耗大半生的文人到老时勉强通过考试，这才是唐朝社会的常态。

而当时元稹痴迷当官。他虽爱恋崔莺莺，但心里明镜似的：对方的确是有才有钱的漂亮女子，但她无官无权，岂能帮助自己在官场平步青云呢？眼下玩玩罢了，切莫当真。

没多久，元稹决定进京参加复试。这一走，等同和崔莺莺做了无声告别。

来到京城，元稹如鱼得水，他年轻有为，被众人捧高，也得到了大量结交权贵的机会。

有一天，二品官员韦夏卿请他一起游玩。打马长安，繁花似锦，春风吹得人心神恍惚，韦夏卿笑眯眯地问他："韦家有一个小女儿叫韦丛，尚未婚配，家里人都想替她寻觅一个如意郎君，元君意下如何?"

话说到这份儿上,韦夏卿摆明是看上了元稹,想请他当自己的女婿呢。

当时,元稹暗暗激动。他想,如果自己的老丈人是朝廷二品官员,以后的升迁之路岂不一帆风顺?此时,崔莺莺的影子就像墙角不见光的杂草,而长安赏花人,眼里只看得见牡丹。

随后一两年里,元稹通过了吏部考试,被授予校书郎的职位。不久,他就大张旗鼓地迎娶了韦夏卿的女儿韦丛,两人正式步入婚姻生活。

五年后,二十多岁的元稹继续考试——二十八人参加制举[1],登第的人有十八个,元稹排名第一。其中,有无老丈人的帮助不得而知。总之,他升迁为左拾遗,成为堂堂正正的八品官员。

走后门,攀高枝,元稹的"成功心得"就是从小能自觉站在官场人士的立场上说天道地。不过,人无完人,元稹在官场并不受宠,反而一再遭受排挤,落魄得不行。

那么,他到底爱不爱韦丛呢?

有人说,元稹婚后十分放荡,经常与其他女子幽会。也有人说,元稹甚至重新找崔莺莺谈情说爱,却被崔莺莺怒斥回家,让他照顾好自己的老婆。然而,这些都是传说,不一定可信。比较可信的是,元稹在韦丛早逝后,亲自写下《遣悲怀》:

谢公最小偏怜女,自嫁黔娄百事乖。

---

1 由皇帝临时下诏举行的科举考试。

顾我无衣搜荩箧，泥他沽酒拔金钗。

野蔬充膳甘长藿，落叶添薪仰古槐。

今日俸钱过十万，与君营奠复营斋。

这首诗是元稹写来悼念亡妻的：你就像谢公曾经偏爱的女儿，下嫁给我这样的贫士后诸事不顺。看见我没有衣裳就翻箱倒柜，我软缠着你讨酒喝，你就拔下金钗典当换酒。把野菜当美食，把落叶当取暖的柴火，如今我俸禄非常丰厚，而你已经亡故了，只能来祭奠你。

最令人不忍的，无疑是"泥他沽酒拔金钗"。贫寒可以原谅，但促使妻子卖掉首饰给自己换酒，实在让人感到羞耻恼怒。比起爱，不如说是依赖，他离不开她的善良和关怀。

妻子香消玉殒那年，元稹竟然和薛涛好上了！

薛涛是中唐时期的大才女，给后世留下了唯美的"薛涛笺"。当年，她因战乱流落，沦为娼妓，定居蜀地，却不改清高的性格，又鄙夷俗子，在当地名声很响亮。可是，作为一个乐妓，如何能与元稹相识？

原来，在元和四年，元稹作为监察御史奉命前往蜀地考察，在当地听闻了薛涛的才情，就去拜访她。一来二去，两人情投意合，足足相好了三个月。后来，薛涛因为厌恶某些势力权贵，就劝元稹去弹劾他们，这一弹劾，没把对方扳倒，反倒砸了自己的脚。

一时间，元稹从蜀地迁回洛阳，两人分离。

薛涛舍不得元稹，写下《春望词》以诉相思：

花开不同赏，花落不同悲。

欲问相思处，花开花落时。

揽草结同心，将以遗知音。

春愁正断绝，春鸟复哀吟。

风花日将老，佳期犹渺渺。

不结同心人，空结同心草。

那堪花满枝，翻作两相思。

玉箸垂朝镜，春风知不知。

另一边，妻子韦丛死后，元稹的仕途一落千丈，又因为薛涛的缘故被贬，他内心那份爱的火苗瞬间被浇灭。更何况，薛涛只是一介乐妓，不可能与他结为夫妻。

种种原因，元稹离开了薛涛，再也没有回去找她。

薛涛是一个通透的女人，她比元稹大十一岁，身份地位悬殊，自知爱情于她不过是烟花易冷，是一场梦，是一场水中捞月的游戏。看过水中月，她就心满意足了。于是，她穿上道袍，从此清心寡欲，远离了风尘之地。

元稹呢，接连辜负三位女子，他的人生也没有迎来转机。

从京城贬谪江陵，再贬通州，又贬同州，四贬武昌。

此时的元稹，望着遥远冷冰的宫门，再也抑制不住心中的痛楚，两行浊泪顺脸颊而下。他追忆前半生，想起崔莺莺的才情横溢，韦丛的溘然长逝，薛涛的通达明理……当他自诩聪明，敢于割爱，以为能够一飞冲天的时候，却在一场又一场的辜负中迷失了自我，憔悴了年华，衰竭了心力。

故事的最后，崔莺莺嫁给了别人，韦丛早早断绝了下半生的苦难，薛涛退入空门，世间仿佛就只剩下他一人，无处可走，无路可退。

当你辜负别人的时候，也必将被人辜负。

世间的因缘总是这么奇妙，有些人，有些事，有些情，它就在那里，说不清是怎样的情态和心态，像一场梦，又像一场考验。你以为赢了，其实输了。做个真情实意的人，比什么都重要。

诗人小传

元稹（779—831年），字微之，别字威明，河南洛阳人，唐代宰相、诗人、文学家。官至宰相，经历了数次官场的排挤斗争和贬谪。与白居易关系甚好，世称"元白"，共创"元和体"。情史丰富，写下传奇小说《莺莺传》，即《西厢记》前身。

柳宗元：长安郎失意长安，柳州官照亮柳州

江雪

千山鸟飞绝，万径人踪灭。

孤舟蓑笠翁，独钓寒江雪。

写下"千万孤独"藏头诗的柳宗元，四十七岁时，在柳州驾鹤西去。

柳州腹地阡陌纵横，山峻水秀，"三江四合，抱城如壶"，实乃华夏一方宝地。柳州文化在中国几千年历史进程中，独树一帜，芬芳沉淀后，形成了独有的民族风韵和岭南文化，不但文化锦绣，更风云过无数华章锦绣的文人墨客。

但异乡人柳宗元，却成为柳州一颗最璀璨的明珠。

大历八年，"安史之乱"平定后的第二十年，柳宗元出生了。

他一出生，就生在别人梦寐以求的长安。

更重要的是，柳家世代为官，柳父信奉儒家学说，柳母信奉佛教，父母儒佛双修，言传身教，对柳宗元的心智开发、知识启蒙、性格养成以及思想塑造等有着最直接的模范作用。

只是，任谁都没有想到，小家平安大家乱，盛世一去不返。

中唐时期，政治愈发腐败，藩镇割据严重，朝廷的水面下隐藏着无数暗礁，众人夜里行船，翻船一触即发。

很快，建中年间"泾原兵变"爆发，士兵倒戈相向，皇帝仓皇出逃，战火席卷长安，不满十岁的柳宗元还没反应过来，就被迫搬家。动荡三年，迁家夏口，小小的柳宗元第一次亲尝战火。

政治的黑暗和现实的残酷，打破了他原本宁静的生活，也对他强制进行了一种另类的"启蒙教育"。似乎有一只无形的手，将这棵小树苗往不寻常的路上移拨。

在夏口，柳宗元安安心心地读书，成绩斐然。二十岁时，考中了进士，名动天下。

随后，二十三岁的柳宗元开始担任官职，做秘书省校书郎；二十五岁，他通过"博学宏词科"考试，被授予集贤殿书院正字；二十八岁，他又当上正六品官员蓝田尉；到了三十岁，他在长安担任监察御史里行。

"年少有为"不足以形容柳宗元的才能。当时，朝廷满座都是鬓角花白的老人家，就他一个毛头小子，直愣愣地站在里头，鹤立鸡群。

"鹤"和"鸡"的思想，当然是不同的。很明显，柳宗元对社会、生活、生命、人生的感悟力、洞察力和领悟力更胜一筹。而立之年，他看腻了官场的明争暗斗，时常入乡体恤民情，用心良苦，但存在于朝廷和百姓间的矛盾总是纠缠不断，为什么没有人来改变这一切？

他开始思考怎么行动。

此时，唐顺宗在位，这位新皇帝也意识到了某些政治势力问题，于是，任用柳宗元、王叔文等展开"永贞革新"。主要的革新活动包括削弱藩镇势力、罢黜"宫市"、整顿朝纲、收回兵权等。但是，黑暗的势力积蓄得太大，革新几个月就失败了，唐顺宗更被迫下台，让位给太子李纯，史称"永贞内禅"。

故此，柳宗元也牵连被贬，任永州司马，一走就是十年。

永州，岁月峻寒，柳宗元十分孤苦。

孤独只有一个好处，就是能够有足够的时间自省。

柳宗元把生平全部的智慧都调动起来，钻研学问，结交学士。在最灰暗的时光里，他写出了最闪闪发光的著作，包括《小石潭记》等一系列作品，合为《永州八记》。

除此以外，还有一份更令人意想不到的惊喜——统合儒释。

儒释道"三教合一"已成定局，但还没有找到"合流"的具体道路。恰好，柳宗元"儒释兼通、道学纯备"，他不独立信奉某种学说，而是站在三教融合的角度博采众长，发奋呼号，写出《天说》《天对》《封建论》等，提出"统合儒释"的主张，为"三教合一"奠定基石。

柳宗元不再束缚于政治、官场、输赢，他脱开桎梏，如箭一般射向更深远的天空，令人艳羡。

元和十年，柳宗元调任柳州刺史。

当时，他的好友刘禹锡也遭贬谪，迁播州刺史。

柳宗元不顾自身安危，上书皇帝："刘禹锡的母亲年纪很大了，播州位于西南的蛮荒之地，来回行程万里，他如何与母亲一起前往呀！如果将他的母亲留在异地，这两人就等于永别了。我与刘禹锡是挚友，岂忍心看他这般情形？恳请皇帝将我贬到播州，让刘禹锡去柳州吧。"

皇帝也有所动容，于是，改迁刘禹锡前往连州，柳宗元仍去柳州，两人深厚的友情也因此闻名于世。

据说，柳宗元在柳州任职时，发现柳州有很多奇石，尤其是在一处叫"龙壁山"的大瀑布下面，叠石如小山，质感莹润，光泽很好，一看就是制作砚台的好材料。柳宗元挑选了品质极佳的石头，制成砚台后送给了远方的刘禹锡。刘禹锡大为感动，赋诗《柳子厚寄叠石砚》以表答谢。

后来，柳宗元与刘禹锡"以石传情"的故事成为柳州的千古佳话，龙壁山的岩石也被后人称为"柳岩石"。

话说回来，所谓贬谪，其实形同流放。

当时，柳宗元从长安到柳州，足足走了三个月。

"过洞庭，上湘江，非有罪左迁者罕至。"抵达柳州后，他水土不服，患上疾病，"奇疮钉骨状如箭，鬼手脱命争纤毫。今年噬毒得霍疾，支心搅腹戟与刀。"但他没有一蹶不振，关怀民生是他的本能。

隐忍病痛，走在乡间，柳宗元看见当地人贩卖子女换钱，如果卖出去的子女没有按期赎回，就会被充为终生奴婢。这很不合理，于是，柳宗元改革了买卖规矩：首先延长赎回时间，如果实在没人来赎身，就将他们充当奴婢的时间换算成工钱，满额之后可以自己给自己赎身。

随后，柳宗元自掏腰包，为那些已经成为奴婢的人赎身。

此规矩一出，立即受到乡民的推崇，他也成为柳州乡亲心中独一无二的"父母官"。

不止如此，柳宗元还做了很多好事：教乡民科学知识、治病之方、兴办学堂、改善园林景观；南方水患多，就亲自勘测地理、开凿水井……柳州，从一个蛮荒之地越变越好，风气也有很大改善。

他就像一个活菩萨，走到哪里，恩赐的雨露就洒向哪里。

相传，柳宗元在柳州去世后，乡民为了报答他，特意制作了上好的棺材。其遗体需要从柳州送往河东郡的老家安葬，没想到几个月后，开棺殓装，柳宗元的遗体居然完好无损，丝毫没有腐败的痕迹，而柳州棺材也因此享誉天下，甚至有民谚说"吃在广州，穿在苏州，玩在杭州，死在柳州"。

后来宋高宗加封柳宗元为文惠昭灵侯，柳州老百姓修建了"柳侯祠"，"柳州旧有柳侯祠，有德于民民祀之"一直延传至今。

"千万孤独"的《江雪》，是柳宗元在贬谪途中写下的。

他笔下的山水总是纯净而幽僻，仿佛天地之间，空无一物，一如他的气质，清高孤傲，凛然不可侵犯。他有智慧，有思想，奈何灰色的官场没有允他一个展翅高飞的机会，使他一生孑孓独行，千万孤独。

一个人只有在孤独中经受了考验，才能看见更真实的东西。

莺飞草长，又是一年春夏。

江上的冰雪凝结了一整个冬天，终于融化了。我相信，柳宗元在柳州的后半生，不会只有"千万孤独"，柳州子民对他的敬重和爱戴，一定会融化他心中的霜雪。在讳莫如深的朝廷，他是当车失败的螳螂，但在无人问津的柳州，毋庸置疑，柳宗元就是世上最美的天光。

柳宗元（773—819年），字子厚，河东郡人，唐代文学家、思想家、儒学家、政治家、诗人，唐宋八大家之一，与韩愈并称"韩柳"，与刘禹锡并称"刘柳"。富含哲学思想，推崇古文运动。代表作有《永州八记》《捕蛇者说》《黔之驴》等。

刘禹锡：生命就是一出幽默悲喜剧

秋词

自古逢秋悲寂寥，我言秋日胜春朝。

晴空一鹤排云上，便引诗情到碧霄。

刘禹锡太另类了。

战国宋玉写下中国文学史上第一篇悲秋之作《九辩》："悲哉，秋之为气也。"引无数文人墨客纷纷效仿。从李白的"人烟寒橘柚，秋色老梧桐"，到杜甫的"八月秋高风怒号，卷我屋上三重茅"，再到辛弃疾的"落时西风时候，人共青山都瘦"。

秋之悲情横穿唐宋，可我们的大诗人刘禹锡偏要说："我言秋日胜春朝！"

大历七年，刘禹锡出生在江南。

家族世代都是儒生，在儒学方面，他获得了极高的造诣。后来，他拜唐朝著名的"诗僧"皎然为师，在大师的熏陶指点下，他十八岁成名，二十一岁进士及第，与好友柳宗元一起通过"博学宏词科"考试。又过了两年，通过吏部考试，连中三元，作为太子校书。没过几年，升迁监察御史。

刘禹锡的人生轨迹，和柳宗元非常相似。

这两人都是年少成名，小小年纪就在官场取得了不起的成就，旁人望尘莫及。也同样的，刘禹锡和柳宗元都参加了"永贞革新"，因改革失败被贬。刘禹锡流放朗州，那一年，他三十三岁。

宦迹漂泊，十年一去，好似一生无涯。

那年《秋词》里的朗州，当真秋高气爽吗？

其实不然。刘禹锡写下"胜春朝"的时候，刚刚经历"永贞革新"的失败，被贬为朗州司马，也等于被流放，可以说是他人生路上的一大灾难。老话说"秀才造反，三年不成"。在去往朗州的路上，又恰好是"无边落木萧萧下"的秋季，谁也没想到，在朗州，孤独的刘禹锡居然写下了如此豪横的《秋词》。

古往今来，世人都称刘禹锡为"诗豪"。他在秋天彰显豪情，在皇帝面前也是一样的豪猛霸气。

元和九年的冬天，朝廷给了刘禹锡一个"改过自新"的机会。

四十三岁的他奉诏回京，重新接受朝廷的任职安排。照常理来说，只要好好表现，还是很有希望获得一官半职的。但是，刘禹锡明知山有虎，偏向虎山行。一回到长安，就写了一首讽刺权贵豪门在玄都观赏花的诗，《元和十年自朗州至京戏赠看花诸君子》：

> 紫陌红尘拂面来，无人不道看花回。
>
> 玄都观里桃千树，尽是刘郎去后栽。

姹紫嫣红的春景拂面而来，人人都说自己刚从玄都观赏花回来。玄都观中桃花数以千计，都是我被贬之后栽进去的。这诗明面上写"花"，实际上写的是在我被贬后，朝廷里如雨后春笋一般涌现的新贵。这帮新贵除了附庸风雅、寻欢作乐、搅扰朝纲之外，一无是处。他们形成了一种坏风气，让满长安乌烟瘴气，人人都变得趋炎附势，钻营于名利权贵之间。

执政的新贵大臣们一听，便不高兴了，转头就到唐宪宗那儿去告状，导致刘禹锡又被贬出京城，流放播州。好在这一次，有柳宗元等人替他求情，说播州"非人所居"，又说刘禹锡家有老母，皇帝这才放他一马，改迁连州。

这一走，又荒废了数年月。

在连州任职期间，刘禹锡的母亲也过世了，他先后又迁往夔州与和州。

刚到和州的时候，刘禹锡只是一名通判，按官职配置，应该住在三间三厢的屋子里，但当地上司故意刁难他，分给他一处临江的屋子，潮湿又寒冷。结果，刘禹锡不仅不气恼，反而写下一副对联，贴在自家大门上："面对大江观白帆，身在和州思争辩。"

他的上司气得不行，又命人给刘禹锡搬家，撵他去偏僻的县城北门，屋子的面积小了一半。不料，刘禹锡是个打不死的乐天派，又写了一副对联，依然贴在门上："垂柳青青江水边，人在历阳心在京。"

结果，上司再次让他搬家，这回给了刘禹锡一间只能容下一张床、一副桌椅的小房间。"莫道谗言如浪深，莫言迁客似沙沉。"刘禹锡十分不服气，索性不写对联，直接写了一篇《陋室铭》以表"斯是陋室，惟吾德馨"的豪迈态度，又请唐朝书法家柳公权将文章刻成石碑，立在小房子的门口，使来来往往的路人围观。

后来，《历阳典录》记载："陋室，在州治内，唐和州刺史刘禹锡建，有铭，柳公权书碑。"刘禹锡的举动让天下人无比佩服。

多年以后，离开和州时，刘禹锡在酒宴上碰见了白居易，写《酬乐天扬州初逢席上见赠》一诗赠予白居易。

巴山楚水凄凉地，二十三年弃置身。

怀旧空吟闻笛赋，到乡翻似烂柯人。

沉舟侧畔千帆过，病树前头万木春。

今日听君歌一曲，暂凭杯酒长精神。

二十三年，刘禹锡不是被贬，就是在被贬的路上，却还能说出"病树前头万木春""暂凭杯酒长精神"，不愧是大唐第一乐天派。这种不屈不挠的乐观精神，也是古往今来极为罕见的。

大和二年，刘禹锡又被召回长安。

十四年过去，他非但没长记性，反而又写了一首《再游玄都观》：

百亩庭中半是苔，桃花净尽菜花开。

种桃道士归何处，前度刘郎今又来。

百亩的庭院中大半都是青苔，往年的桃花都不见了，菜花却茂盛地开着。不知道当年栽种桃花的道士哪里去了，故地重游的我，如今又回来啦！这首诗是《元和十年自朗州至京戏赠看花诸君子》的后续，当年他得罪权贵，远窜岭南。现在，那些权贵几乎都不在了，连皇帝也换了新人，而今旧事重提，无疑是对权贵们的大声嘲笑。

新皇帝唐文宗在位，闻诗不爽，再次贬谪了刘禹锡，使他接下来的十年都在苏州、汝州、同州等地度过。

近十年过去，开成元年，六十四岁的刘禹锡再一次回到长安，这一回，唐文宗没有再贬他，许是发觉了刘禹锡的人格特点："初心不改，贬他无用。"也就放弃了此前的念头。

刘禹锡一生被贬，三返长安，他用最积极的心态说："不倔强，毋宁死！"

论才情，巍巍唐朝诗林茂密，刘禹锡不是最有才华的人，但他绝对是最倔强、最乐观的那个人。

《唐音癸签》评价他："禹锡有诗豪之目。其诗气该今古，词总平实，运用似无甚过人，却都惬人意，语语可歌，其才情之最豪者。"

人生其实是一场游戏。当下看来，有些事情足够让我们觉得前景一片灰暗，对生活充满了怨怼和哀叹。可是，当你拥有极好的心态，像刘禹锡一般，有了脱胎换骨的法术，变化出更强大的自我，发挥了自己的潜能，展示了自己的价值。关于结局，无论输赢都是最圆满的。

千淘万漉虽辛苦，吹尽狂沙始到金。了悟人生没有后悔与遗憾，也就不枉此行了。

刘禹锡（772—842年），字梦得，河南荥阳人，唐朝文学家、哲学家、诗人，世称"诗豪"。与柳宗元关系甚好，主张革新，两度被贬。诗文风格简洁明快，富有艺术张力及雄豪之气，代表作有《陋室铭》《竹枝词》《天论》等。

李贺：悠悠荡荡二十年，神鬼两厢赛人间

苦昼短

飞光飞光，劝尔一杯酒。吾不识青天高，黄地厚。

唯见月寒日暖，来煎人寿。食熊则肥，食蛙则瘦。

神君何在？太一安有？天东有若木，下置衔烛龙。

吾将斩龙足，嚼龙肉，使之朝不得回，夜不得伏。

自然老者不死，少者不哭。何为服黄金、吞白玉？

谁似任公子，云中骑碧驴？

刘彻茂陵多滞骨，嬴政梓棺费鲍鱼。

真正能与"诗仙"李白相提并论的，唯有"诗鬼"李贺。

李商隐在《李贺小传》中说他："细瘦，通眉，长指爪，能苦吟疾书。"即言李贺的体形瘦削，眉毛相连，手指很长，能悲苦地吟书，也能极快地写诗。他的样子，光是幻想就令人不寒而栗，再读他的诗句，如"鬼灯如漆点松花""青狸哭血寒狐死""百年老鸮成木魅"，鬼影憧憧，哀艳荒怪，仿佛在看恐怖片。

然而，我们熟知的"黑云压城城欲摧"，毛主席曾引用的"雄鸡一声天下白"，还有情场老话"天若有情天亦老"……也是李贺

留下的千古佳句。

李贺，二十七岁就死了。

这个短命"诗鬼"，到底为何要写如此异类的诗？

贞元六年，李贺出生在洛阳，七岁就会写文章，名动京城。

李家祖上是唐高祖李渊的亲戚，所以，李贺拥有宝贵的皇室血脉。在古代，血脉是极被重视的，但别高兴得太早。早些年间，武则天掌权，她害怕唐高祖的子孙后代报复她，于是对李家后代进行了"斩草除根"式的杀戮，能活下来的人就算幸运。到了李贺这代，已经落魄得不成样子。

作为一个皇亲国戚，他有多穷呢？

李贺在诗中写道："大人乞马瘤乃寒，宗人贷宅荒厥垣。横庭鼠径空土涩，出篱大枣垂珠残。"他有一匹瘦马，是从别处借来的，他所住的荒废颓垣的旧宅，也是向族人贷来的。庭中老鼠横行，土地空旷干涸，只有残年的老树垂下几粒瘿枣子。惨成这样，却还不是终点："归来骨薄面无膏，疫气冲头鬓茎少。欲雕小说干天官，宗孙不调为谁怜？"

李贺回家的时候，瘦得只剩下皮包骨头，面颊没有一点光泽，头发稀疏的像是被病气冲头。他想撰写一篇文章，借此获得吏部的赏识，但转念一想，谁会可怜一个宗族凋零的子孙呢？不免灰心丧气。

李贺仅剩一条出路：上京赶考。

他知道，金榜题名便能衣食无忧。于是，二十岁左右的李贺与好友韩愈等人一起前往长安，预备参加科举考试。

满怀信心的李贺，突然遇到一群嫉妒他才华的人。就像被命运捉弄一般，那群人放出流言：李贺父亲名叫李晋肃，晋肃的"晋"与进士的"进"犯了"嫌名"的忌讳。所谓"嫌名"，就是人的姓名读音与某些人和事"撞"了，容易被人扣上"不敬"的罪名。考场内外一时疯传开来，毕竟，少了李贺，就等于少了一个强有力的竞争对手。

天不遂人愿，他退出考场，就此失去了参加进士科考试的机会。

别提李贺有多么愤懑不平了，就连韩愈也气愤了好久，还特意作诗"惟求文章写，不敢妒与争"来警示考场中的学子。

元和六年，韩愈在朝廷反复推荐李贺，李贺终于有机会留在长安，做了一个小官。

在此期间，他的诗文造诣也得到了莫大的提升。

作为掌管祭祀的九品小官，他听闻梨园乐师李凭弹奏箜篌十分美妙，便写下了著名的《李凭箜篌引》：

> 吴丝蜀桐张高秋，空山凝云颓不流。
> 江娥啼竹素女愁，李凭中国弹箜篌。
> 昆山玉碎凤凰叫，芙蓉泣露香兰笑。
> 十二门前融冷光，二十三丝动紫皇。
> 女娲炼石补天处，石破天惊逗秋雨。
> 梦入神山教神妪，老鱼跳波瘦蛟舞。
> 吴质不眠倚桂树，露脚斜飞湿寒兔。

江娥、女娲、神妪、吴质等都是传说中的神仙，如果要总结李贺表达的意境，一定是"惊天地、泣鬼神"。这首诗也极具代表性地凸显出了李贺的诗词风格——想象力与鬼神传说的巧妙结合。后来，有人将这首诗与白居易的《琵琶行》、韩愈的《听颖师弹琴》相提并论，赞许它们"摹写声音至文"。

可是，当官之后，更大的烦恼也随之而来。

李贺虽有"诗鬼"的称号，但心性单纯。在长安的三年，他屈居下僚，看遍各方各派的残酷斗争，官场逼仄，世俗混沌，到处都充斥着黑暗势力。李贺无法适应和忍受这一切，他亲眼看着家国衰败，自己却无能为力，非常绝望。

而且当时唐宪宗"好神仙，求方士"，派各路人马寻求传说中的"长生不老药"。上行下效，当时的臣子和百姓都沉溺在求仙寻药的生活中，国力萎靡。

李贺悲怆地写下《苦昼短》：

飞光飞光，劝尔一杯酒。吾不识青天高，黄地厚。
唯见月寒日暖，来煎人寿。食熊则肥，食蛙则瘦。
神君何在？太一安有？天东有若木，下置衔烛龙。
吾将斩龙足，嚼龙肉，使之朝不得回，夜不得伏。
自然老者不死，少者不哭。何为服黄金、吞白玉？
谁似任公子，云中骑碧驴？
刘彻茂陵多滞骨，嬴政梓棺费鲍鱼。

不知天高地厚，只知岁月消磨人的寿命。神仙哪里会真的存在呢？东方若是真有神树，我就去斩掉龙的脚，吃它的肉，使它不能巡逻伏藏。到那时老幼欢乐，没有死亡，何须服用黄金、白玉？谁又能做一个骑驴升天的仙人呢？想当年，汉武帝和秦始皇寻求长生，而今汉武帝的陵墓都是白骨，秦始皇的棺材白费腌鱼掩臭。

李贺诗中的"鬼"意，尽源于人的恶意。

元和九年，李贺辞官，又在别处做了三年幕僚，最后告病回乡。

"我年二十不得意，一生愁心，谢如梧叶矣。"他自语道。

早些年，他也曾写过"报君黄金台上意，提携玉龙为君死""雄鸡一声天下白""少年心事当拏云"的豪言壮语。后来，报国的理想犹如落叶一般，悄无声息地，凋零秋风去了。

人一旦沦落到谷底，难免要寻求心灵上的寄托，不忍再枯涸下去。

李贺找到的，是遥远的鬼神。以鬼神和传说托古寓今，他能在某种奇诡的对比中，找到一种比现世更贴切的答案，也能让心灵暂时躲入世俗之外的避风港。哪怕鬼神是令人畏惧的，是秾艳斑驳的，也好过一直生存在阴暗的世道里。

二十七岁那年，李贺死去了。

传说，李贺病重之际，在白天看见红衣男子乘着龙车从云间飞下来，手里拿着一个书板，在写着上古文字，对他说："玉帝新建了一座白玉楼，召你去写楼记。天上比人间快乐，不痛苦啊。"不久，屋子里冒出腾云驾雾的袅袅烟气，李贺便咽气了。

传说固不可信，却证明了李贺实打实的才气。

李贺去世后，朋友准备收集整理他的遗作，却被他的表哥告知："我怨恨李贺的傲慢，就把他的文章都焚烧了。"如今，李贺留存于世的作品仅剩一半。

天妒英才，短命"诗鬼"就这样离我们而去了。

诗人小传

李贺（790—817 年），字长吉，河南福昌（今河南宜阳）人，唐高祖李渊的叔父李亮的后裔，中唐浪漫主义诗人，开创"长吉体"，世称"诗鬼"。与李白、李商隐并称"唐代三李"，后世更有"太白仙才，长吉鬼才"之说，中唐到晚唐诗风转变期的代表人物之一。诗词大多哀艳荒怪，鬼斧凿幽，代表作有《雁门太守行》《李凭箜篌引》等，因病早逝，享年二十七岁。

第四卷

晚唐・悲歌

杜牧：风流才子戏大唐

泊秦淮

烟笼寒水月笼沙，夜泊秦淮近酒家。

商女不知亡国恨，隔江犹唱后庭花。

唐诗如候鸟，默默地飞，一合一展寂寞清凉，苍劲旷远。

三百年里，最多的鸟，栖息于"江湖多风波，舟楫恐失坠"的江湖；另一些则翱翔于"自有来巢时，明年阿阁上"的朝廷；更少的，漂泊风雨，置身"青海长云暗雪山，孤城遥望玉门关"的边塞。

还有一种鸟，性情迥殊，流连"春风十里扬州路，卷上珠帘总不如"的烟花地。

杜牧就是最后一类鸟。

贞元十九年，杜牧出生。他和杜甫都是祖先杜预的后代，一个是十六世孙，一个是十三世孙，相隔并不久远，但人与人的命运就像河流分渠，零星的偏移造就千万种差别。

与杜甫不同的是，杜牧的家世极好，门楣高傲，风光无两。

他的爷爷是千古名相杜佑，父亲是谏官杜从郁，而杜牧本身样貌俊美，文采四溢，又十分刻苦，"勤勤不自已，二十能文章"，还精通军事，写过十三篇《孙子兵法》的注解，可谓能文能武、货真价实的"长安贵公子"。他曾亲自写诗"旧第开朱门，长安城中央。第中无一物，万卷书满堂。家集二百编，上下驰皇王"，以此赞誉家族荣耀。

二十三岁，杜牧写下了气吞山河的《阿房宫赋》，风骨遒劲，名盛千年。

当时，有一个叫吴武陵的太学博士，读过杜牧的《阿房宫赋》之后，就拿着这篇文章，骑着跛脚的小毛驴，前去寻找掌管朝廷人才选拔的司侍郎崔郾。

吴武陵跟崔郾说："你德高望重，为皇帝搜罗人才，我想给你一个小小的帮助。最近我见到十几个文士，读了他们的文章，发现有一个很不错，一看，原来是杜牧的《阿房宫赋》，这个人绝对是辅佐皇帝的人才。"

崔郾不以为然，直到吴武陵手捧《阿房宫赋》朗诵起来。他一听，立觉这篇赋文借古讽今，高妙绝伦，忍不住抢过来读，并大加赞赏。

吴武陵笑道："那就请您给他状元吧！"

崔郾突然为难起来："可是，状元已经有内定的人选了……"

吴武陵不太高兴，言辞激烈："那就给他前五名吧，如果这也不行，你就把这篇辞赋还给我！"崔郾正读得爱不释手，哪里舍得归还，立马答应了这个条件。

杜牧虽然才情盖世，但美玉总有瑕疵。

年轻的杜牧常常去逛青楼，流连烟花之地。《唐才子传》记载他："美容姿，好歌舞，风情颇张，不能自遏。"当时，淮南扬州的繁盛堪比京城，夜晚的小秦淮河灯火通明，画船小舫点缀其中，月影婆娑，河中漾着笙箫管弦的靡靡之音，船舫艺妓倚红偎翠，浅斟低唱，纸醉金迷。

青楼上，垂悬着数不清的红纱灯笼，如星如火，光辉照耀夜空，九里三十步街上，驰道杨花，红妆缦绾。杜牧放目眺望，尽是翡翠珠宝，扑朔迷离，置身其中，恍然如入仙境。

公务之余，他没有一夜不去。对他有过知遇之恩的宰相牛僧孺，派了三十个侍卫，穿上便衣，暗中跟踪保护杜牧。而杜牧纵情欢乐，根本没有察觉，就这样无声地持续了好几年。

后来，杜牧升迁御史，牛僧孺为他宴请践行，座上，牛僧孺意味深长地看着他，劝道："以侍御史气概达驭，固当自极夷涂。然常虑风情不节，或至尊体乖和。"意思是，凭你的本领，当然会一切顺利，但你不顾虑风情节制，需要当心身体。

杜牧尚不知情，只说道："没事，我能管好自己。"

牛僧孺笑笑不说话，拿出一个小匣子，匣子里都是密报：某日，杜牧去了哪家，无恙；再某日，杜牧参加了哪处宴请，无恙……数百的小纸条，整整塞了一盒。

杜牧非常惭愧，向牛僧孺拜谢之后，终生铭记了他对自己的关爱。

当上御史之后，杜牧来到洛阳。

在杜牧看来，洛阳跟扬州不能相比，于是大手一挥，写下《遣怀》：

落魄江湖载酒行，楚腰纤细掌中轻。

十年一觉扬州梦，赢得青楼薄幸名。

扬州随性，美女如云，杜牧终于结束了放浪形骸的生活。这十年间，他说自己"落魄"，又说"扬州梦"是"十年一觉"，最后自己只得到青楼里"薄情寡义"的名声。这首诗是对扬州的迷恋，也是对自己浑浑噩噩的批判。

但江山易改，本性难移。在洛阳，杜牧又风流了。

当时，一个官员大摆筵席，邀请了很多宾客，唯独没请杜牧。结果杜牧主动要求前去，官员只好给他下了请帖。宴上，一百多位姿色绝艳的歌姬舞女登台献艺。片刻，杜牧看得眼睛都直了，问道："听说你府上有位最美的女子，名叫'紫女'，是哪位呀？"

官员闻声，伸手指给他看。

不料，杜牧毫不客气："果然天姿绝色，应该赏赐给我。"官员和侍女们笑起来，随后，舞乐很快结束了。杜牧大饮三杯，吟道："华堂今日绮筵开，谁唤分司御史来？偶发狂言惊满座，两行红粉一时回。"

他爱慕美女的名声，也在洛阳传开了。

后来，杜牧出使江西，游玩了很多地方，都没有合心意的女子。

过了一阵子，他听说湖州风土人情皆好，就去湖州"猎艳"。湖州刺史是杜牧的好朋友，了解他的爱好，每次杜牧前来游玩，就带着他一起摆宴游玩，顺道让美女们露露脸。

杜牧看了一遍后，只说："美是美，但不够完美。"

旋即，他想了个法子："操办一场划船水嬉的活动，到时候全州的人都会来看，我走在人群中找一找，或许会有新发现。"

果然，举办活动那天，河岸边有无数人围观，挤得水泄不通。但直到夕阳西下，也没有什么发现。就在以为无望的时候，人群中一个老妇牵着一位十几岁的姑娘，正巧被杜牧看中："此乃真国色，其他人都形同虚设啊！"随即，连忙请人将母女接到身边，表露了喜爱之意。

可是，姑娘年纪太小，不适合纳娶。杜牧便许下了著名的十年之约："不着急娶这位姑娘。等我十年，我一定会在此期间来湖州任太守，若是十年没有来，你们就替她找合适的人家吧。"

就此，母女与杜牧算是约定好了。

无巧不成书，一直风调雨顺的杜牧偏偏卡在了这里。他从黄州转至池州，又到睦州，始终去不了湖州。

等他任职湖州时，已经过了十四年，姑娘也已经嫁人，生有三个孩子了。他悲从中来，苦笑出《叹花》："自是寻春去校迟，不须惆怅怨芳时。狂风落尽深红色，绿叶成阴子满枝。"

一首《叹花》，不禁让人想起唐伯虎的《叹世》："追思浮生真成梦，到底终须有散场。"

难得杜牧深情一回，却错过了。

此后，晚唐第一"风流才子"杜牧便再没什么传言。

夜深人静时，不禁思索，他是真风流，还是假风流？

杜牧作为朝廷命官，不顾名节，游戏青楼，究竟是怎么了？一个能写出《阿房宫赋》来刺痛朝廷淫乐的诗人，一个为宰相李德裕献计获胜的军师，为何会走到今天这个地步，变成"当初自己最讨厌的样子"？

也许，有一个借口。

晚唐时期，朝廷腐败，藩镇割据，昔日的大唐不见踪影，眼前的国家已经摇摇欲坠，一派随时垮塌的模样。唐穆宗贪于享乐，唐敬宗更加荒淫，多日不上朝，"游戏无度，狎昵群小"。而杜牧明白，淫乐是摧毁人的意志或国家的暗器。

青楼春晚时候，他忧愁无限，尽数无奈，与宋代秦观一样，"欲将幽恨寄青楼，争奈无情江水、不西流"。

"十年一觉扬州梦"，梦里破碎的不只是扬州，也有家国吧。否则，他怎会在鸦啼莺弄的温柔乡里，含恨道出《泊秦淮》：

烟笼寒水月笼沙，夜泊秦淮近酒家。

商女不知亡国恨，隔江犹唱后庭花。

身在花间，心在冷院。他的浪漫，他的捷才，都被尘世的五光十色和种种虚伪抹去了痕迹。

事已至此，只能对斟对饮，寻乐追欢，假装陶醉在柔情蜜意的春风里，盼望着，盼望有人能叫醒他，叫醒大唐。

诗人小传

杜牧（803—约852年），字牧之，号樊川居士，京兆万年人，唐代散文家、诗人，与李商隐并称"小李杜"。晚年居长安南樊川别墅，被后世称为"杜樊川"，著有《樊川文集》，代表作有《清明》《泊秦淮》《赤壁》《阿房宫赋》等。

李商隐：在薄情的人间深情活着

锦瑟

锦瑟无端五十弦，一弦一柱思华年。

庄生晓梦迷蝴蝶，望帝春心托杜鹃。

沧海月明珠有泪，蓝田日暖玉生烟。

此情可待成追忆？只是当时已惘然。

金庸在《书剑恩仇录》中说："情深不寿，强极则辱；谦谦君子，温润如玉。"

李商隐就是如此"温润如玉"的人。

他是老屋子旁的艾草，原本难觅踪迹，春雨后，山色染碧，白马钟声，一弯腰，艾叶如丛羽，惊艳了一整个时节。采一把，露水抖擞干净，纯然地和炊烟升起，艾香熏缭着似在说："秋阴不散霜飞晚，留得枯荷听雨声。"

他的字，是诗，是境，也是道。

他在薄情的人间深情活着，他的浪漫，无可替代。

在撑纸伞的日子里，不需看节气。

空气潮湿，晴天几日不来，箱子里的衣裳捂出霉味，空荡荡的米缸肚里凝着水珠，柴火受潮半天点不着。墙角的杂草倒是快活地茂盛着，挤在墙缝里、泥巴间，挤在房梁柱子脚底下，一日不拔，下一日就要把屋子顶翻了。

穿过屋舍，后院的豆苗不肯长，病快快的，一大块篱笆经雨水浸泡烂了，窗户也折了一角，都得连夜修补，不然一晚过去，说不准明早整块篱笆都垮了。回到屋内，几个娃娃饿得昏睡过去，睡着了，少吃一顿是一顿。

李商隐坐在晦暗的屋子里，听得外面风声雨声，默默拢了拢袖子，低下头，继续伏案抄写书籍。雨声忽大忽小，冷风刺透肩骨，长期伏案而手腕早就酸得要命。他深吸了一口气，稳住发抖的手继续抄写。

"佣书贩舂"，是他养活一家子人的方法。

佣书，就是替人家抄写文书；贩舂，就是把稻谷砸出壳后卖给别人。只有最穷苦的书生才会一边干着农活，一边抄书，若出一点差错，全部的努力都将付诸东流。

这一年，李商隐才十二岁。他幼而失怙，经历了父亲去世，结束了三年的守孝，一个"五岁诵经书，七岁弄笔砚"的少年如烟花绚烂过后，人生只剩下漫长的黑夜。如今困守于此，一手漂亮的工楷也仅有一个"佣书"的用途罢了。

雨落下，雾茫茫，生路在何方？

大和三年，李商隐约莫十六岁，迁家洛阳。

风华绝代的盛唐一去不返，洛阳的惊鸿照影便成了很多人心目中的"最后一片绿洲"。

汉学家曾在《唐代的外来文明》中提到洛阳："洛阳有一种极

为温馨，极为高雅的精神生活氛围。"在洛阳，有金谷园、上阳宫、故洛阳城，有牡丹花、洛水、天津桥……数不胜数的名物古迹让人感叹"繁华事散逐香尘"，也让怀古伤今的诗人堆砌出晚唐诗的高峰。

李商隐觉得，在洛阳，他可能会找到更好的机遇。他的爷爷和父亲都是进士，到了他这一代，理所当然要走向仕途。

在洛阳，他结识了两个重要的人：白居易和令狐楚。

李商隐与白居易的故事，非常有趣。

当时，白居易比李商隐年长四十多岁，李商隐风华正茂的时候，白居易已经垂垂老矣。可是，岁月依然不能阻隔浓厚的爱才之情。白居易因为过于喜欢李商隐写的诗文，甚至戏言："我若死了，愿意投胎当李商隐的儿子。"这段小故事，经历了百年的变幻，在宋朝《蔡宽夫诗话》中仍有记载。

而李商隐与令狐一族的"爱恨情仇"，说来话长。

春风摇露，洛水初破，那一年，"令狐楚奇其才，使游门下，授以文法，遇之甚厚"。

当时，令狐楚是朝廷重臣，也是文学家，他的文章与韩愈、杜甫并列三绝，声望极高。令狐楚非常器重李商隐，"岁给资装，令随计上都"，不仅教授李商隐写文章的方法，还资助他参加科举考试，而且"人誉公怜，人谮公骂"，若是有人说李商隐的坏话，令狐楚就会替他出头。

亲授学识，多次举荐，倾囊相授……这么一个没有背景的青年人，偏偏赢得了最靠近皇室之人的资助。

令狐楚对李商隐的照顾就像亲生儿子一样，他对李商隐的恩情就像再生父母一样，就连令狐楚老之将死的时候，也没忘记李商隐，甚至奠文也是拜托李商隐替他写的。

开成二年，将近二十五岁的李商隐，经历了三番五次的考试失败后，终于在令狐家族的帮助下取得了进士的名额。这一年，恩师令狐楚病逝。

令狐楚去世后，李商隐与恩师的儿子令狐绹相交甚好，一切看似风平浪静。但好景不长，"牛李党争"的政治漩涡很快牵连了他们，李商隐也背负了不仁不义的罪名。

所谓"牛李党争"，是唐朝统治阶层两个宗派的权力斗争。

"牛党"是以牛僧孺、李宗闵为首的官僚集团，大多是寒门子弟，没有背景和权势，全凭一番辛苦获得官职。在人才选拔上，也更倾向于任用科举人才。而"李党"则是以李德裕为首的官僚集团。他们几乎都是"门荫"出身，家中位高权重，都是当时显赫势力的代表人物。关于人才选拔，他们更喜欢延用公卿子弟，认为他们从小就接受官场的熏陶培养，更懂得处理政治问题的诀窍。

此时，令狐家族站在牛党的一边，李商隐却遇到了有生以来的一个大难题。

照常理来说，无论念及恩师之情，还是考虑自己的出身，李商隐都应该毫无疑问地站向牛党。但李党的成员王茂元看中李商隐，想请他投入自己的幕府，并且打算把自己的女儿许配给他。

李商隐在王茂元的幕府，见到了王家女儿王宴媄，一见倾心，便只能抓住李党递来的橄榄枝，才能成功娶妻。

此举一出，令狐绹大为震怒，他愤恨李商隐一声不响地投靠政敌，更恨他"忘家恩，放利偷合"背叛家父当年对他的恩德，于是，"谢绝殊不展分"，令狐绹再也不和他见面了。

李商隐无法解释，他受恩于令狐家是真的，爱上王宴媄也是真的，两难之下，他受尽苛责，只能沉默着，沉默着，如寒冰，如流泉，淌过一季又一季。

"背信弃义"之后，令狐绹对李商隐施加了很大的政治压力，比如，在李商隐进士之后的复试中，直接将他除名。

李商隐沉默着，辗转了四年。为了心上人，他甘愿背负罪名，用情至深。那是一种无法言明的感觉，只是想到她，就顿觉宁静圆满，万事澄明。

他在《无题》中，写下了这份浓情厚意：

> 昨夜星辰昨夜风，画楼西畔桂堂东。
> 身无彩凤双飞翼，心有灵犀一点通。
> 隔座送钩春酒暖，分曹射覆蜡灯红。
> 嗟余听鼓应官去，走马兰台类转蓬。

会昌二年，他得到了一个好消息和一个坏消息。

好消息是，他可以重新回到秘书省，最接近权力中心的地方，而且他所站的李党一派几乎占据了朝中全部的势力，他的仕途之路必将一帆风顺。

坏消息是，母亲去世，李商隐必须回老家，守孝三年。

只是，这三年的变故之大，让天下人都始料未及。

唐武宗寻求长生，吞服长生药之后去世，随后唐宣宗继位，李党一派轰然倒塌，牛党趁势而起，赢得了最后的胜利。

李商隐听闻唐武宗的死讯，写下《贾生》讽刺寻仙问药的皇帝：

> 宣室求贤访逐臣，贾生才调更无伦。
>
> 可怜夜半虚前席，不问苍生问鬼神。

随后三年，李商隐主动跟随李党一派被贬外地，几乎是在流放中度过了这几年的光阴。直到大中二年，恩师令狐楚十年忌辰将满，他回到长安，在令狐家的衙厅墙壁上写下一首诗，纪念过去与令狐家族的感情：

> 曾共山翁把酒时，霜天白菊绕阶墀。
>
> 十年泉下无人问，九日樽前有所思。
>
> 不学汉臣栽苜蓿，空教楚客咏江蓠。
>
> 郎君官贵施行马，东阁无因再得窥。

几经辗转，光阴都斑驳了。他回到老地方，用剔透的深情，抚慰焦灼的尘心，不疾不徐地讲述着关于自己内心深处的故事，不求人人听，但求知音懂。

大中五年，王宴媄去世了，李商隐尚在蜀地，毫不知情。

从前车马很慢，丧讯没有传来的时候，他还泡在相思里，慢慢地写《夜雨寄北》：

> 君问归期未有期，巴山夜雨涨秋池。

何当共剪西窗烛，却话巴山夜雨时。

巴山楚水凄凉地，夜晚的雨水涨满池面，何时才能同你一起秉烛夜谈，聊聊我今日的处境呢？李商隐的情绪太内敛，太婉转，以至倾诉相思也要拿巴山夜雨当媒介。然而，诗的通透，诗的光影流转，何尝不是情的幻化生灭，细微入梦？

这首朦胧的诗，这份坚毅的情，完美地契合成一种现在与未来的镜像之观，映光折影，渐入微时，以此造境，以此抒情。

因为有她，世间永远不会失去所有的温柔。可是终有一日，他会知道妻子亡故的消息。那一瞬，他回想起巴山夜雨的时候，恐怕恨不能将诗中的字一个个咬碎嚼烂，吞进腹中，立刻策马北上，换取最后一面，换一场两不相负。

只是，负了终究是负了，他没有再娶。

最后，一首别有深意的《锦瑟》成为李商隐与人间的告别：

锦瑟无端五十弦，一弦一柱思华年。

庄生晓梦迷蝴蝶，望帝春心托杜鹃。

沧海月明珠有泪，蓝田日暖玉生烟。

此情可待成追忆？只是当时已惘然。

在所有唐代诗人的诗篇中，最难解的可能就是李商隐的了。《锦瑟》看似直白伤感，却如诗谜一般令人难以揣摩。《中山诗话》："人莫晓其意。"《五朝诗善鸣集》也说："意致迷离，在可解不可解之间，于初盛诸家中得未曾有。"

有人揣测，锦瑟的五十根弦，恰好对应李商隐当年的五十岁，也许是自伤之作；也有人说，五十弦有"断弦"之意，旨在纪念亡妻；更有人认为这是在感慨国祚兴衰。众说纷纭，至今，也没有人能给出一个真实答案。

"诗家总爱西昆好，独恨无人作郑笺"，李商隐的诗含蓄至极，又一往情深，诗意有时幽微到难以明确捕捉，这是他最妙的地方。这样极隐晦，却又极深情的表达，击中了古往今来的人心。文学的魅力，也恰好在于具备情感延伸的弹性。

只是究其一生，他为何要如此隐藏？

很多事情，往往无法解释，可能与"多情总被无情恼"有关吧。

在薄情的人间深情活着，没办法敞亮起来，只能曲径通幽，层层叠叠，用树影繁花当作掩映，从今往后，若有人走了相同的路，走到这里，才会恍然懂得他说了什么。

踏遍万水千山，情深之处总是归宿。

诗人小传

李商隐（约813—约858年），字义山，号玉谿生，又号樊南生，河南荥阳人，晚唐著名诗人，与杜牧合称"小李杜"，与温庭筠合称为"温李"。因卷入"牛李党争"而牵连余生，一生不得志。目前存世诗歌约六百首，爱情诗独具特色，代表作有《锦瑟》《夜雨寄北》等。

温庭筠：大唐的"天才枪手"

杨柳枝

井底点灯深烛伊，共郎长行莫围棋。

玲珑骰子安红豆，入骨相思知不知。

历代诗人中，总有一批人，似乎随处可见，闻名遐迩，但又始终不在舞台的最中央。"花间派"鼻祖温庭筠，就属于这一类人。

他的故事，是一个关于"枪手"的传奇。事实上，他到底是不是"枪手"，到底为什么要将严肃的科举考试视作儿戏，还没人说得清。但这也是他的故事流传至今的原因。

温庭筠，原名温岐。开成年间，他离开老家太原，首次踏进长安。长安的冬天，照旧是寒冷异常。不过，再冷的天也没有他的心冷，因为他"挂科"了。

落第的消息一传出来，大家都觉得古怪。在本场考生当中，没有谁的才情能胜过温岐，而且温岐打小就机灵，《唐才子传》说他："少敏悟，天才雄瞻，能走笔成万言。"如今科举失败，实在没有道理。一夜之间，他被官方否定的各种八卦传了出去。

败北之后，温岐生了一场病，花光了所剩不多的银两。流言之下，他离开京城，投靠在江淮的亲戚。

《玉泉子》记载："有词赋名，初从乡里举，客游江淮间。扬子留后姚勖厚遗之，庭筠少年，其所得钱帛，多为狎邪所费。勖大怒，笞且逐之。"将近三十岁的温岐，处于寄人篱下的状态。但他不仅没有埋头苦读，反而把钱财都拿去胡乱花掉，浑身都是不良嗜好。亲戚火冒三丈，把他打了一顿，撵出家门。

坏事传千里，温岐在江淮臭名远扬，成了十里八乡都知道的"不良青年"。

在古代，名声是很重要的，事已至此，温岐灵光一闪，给自己改名"庭筠"。

自此，温庭筠便诞生了。他从市井混混做起，最终成为"花间派"的领袖，仅仅用"诗人"来形容他，肯定是不够的。

大中元年，温庭筠又一次上京赶考。

当时，他和一帮贪玩的公卿子弟打上交道，包括宰相的儿子令狐滈等，几个人整日喝酒赌博，"相与蒲饮，酣醉终日"，好不快活。认识令狐滈，也是温庭筠一生转折的开始。

这次，才情颇盛的温庭筠又"挂科"了。不过他与令狐滈结为好友之后，有了出入宰相府的理由，不愁吃喝，也慢慢认识了令狐滈的父亲，也就是当朝宰相令狐绹。

令狐绹读过温庭筠的诗词，发现他的辞藻纤巧秾丽，雍容华贵，立马打起了小算盘：皇帝喜欢听《菩萨蛮》的小曲儿呀！不如让他替我撰写《菩萨蛮》的宫词入曲，讨皇帝开心。

温庭筠知道后，顺手就帮他写了：

小山重叠金明灭，鬓云欲度香腮雪。

懒起画蛾眉，弄妆梳洗迟。

照花前后镜，花面交相映。

新帖绣罗襦，双双金鹧鸪。

然而，令狐绹叮嘱他不要往外说这件事，温庭筠压根没在意，转身就把自己给皇帝写词的事传得沸沸扬扬，皇帝也有所耳闻，让令狐绹非常难堪。

鉴于才情无二，留着他还有用处，令狐绹忍了。

又有一次，皇帝吟了一首诗，诗中提到"金步摇"，却想不出有什么珍宝可以拿来对仗，正欲不了了之，温庭筠脱口而出："可用'玉条脱'来对。"

令狐绹问："'玉条脱'是什么？"

"它是一件出自《南华经》的珍宝。《南华经》不是什么生僻的书，您在公务繁忙之余，也要多读书啊！"温庭筠大笑，又讽刺他，"中书省内坐将军。"《南华经》是《庄子》一书的别名，中书省相当于现代的政府，主要由文职人员任职，"将军"则是讽刺宰相身居高位却没有文化。

久而久之，温庭筠的种种行为，让令狐绹不堪忍受，两人渐渐疏离了。

后来，温庭筠参加科考，屡战屡败，但不如他的人，反而接连通过考试，温庭筠似乎看出了不对劲的地方。经过多方打听，才知是令狐绹从中作梗，便想起自己的口不择言，伤感道："因知此恨人多积，悔读《南华》第二篇。"

据《南部新书》考证，《南华经》的第二篇根本没有提到玉条脱，一字之差的《华阳经》倒是提过，但仅存在于第一篇，"不知当时何所据也"，温庭筠怎会说错呢？不过，根据他的性格，可以认为他耍了一个小把戏：证明了令狐绹既没读过《华阳经》，对《南华经》也是一窍不通。

温庭筠离开宰相府，开始一个人谋生。

就是这样顽皮的温庭筠，总结经验教训，开始在考场外做起了"小生意"。

没有夹带，没有请托，一个"士行尘杂，不修边幅"的男人，大摇大摆地走进科举考场。他如同与朋友聊天般自然地将双手交叉，"八叉手成八韵"，松开手指，挥毫泼墨，洋洋洒洒的字句连缀成无比优秀的诗篇。

不过一个时辰，他交卷走人。然而，试卷落款却不是他，是一个陌生的名字。

这就是大唐考场最出名的"枪手"，温庭筠。

他替人代考，一边收钱谋生，一边"造福"考生，毫不吝啬分享才情，严重搅乱考场规则。有趣的是，他作弊的水平异常高超。

一是不会被考官察觉。

二是受他指点的人都会取得佳绩，可谓"救星"。

三是他熟悉考试的套路，以押官韵[1]为标准，在答题的过程中不遗余力地"助人为乐"，所以"战绩极佳"。

1　科举时代官定韵书中所定的韵。

"三条烛尽，烧残士子之心；八韵赋成，惊破试官之胆。"说的就是温庭筠。又因为他吟诗前喜欢叉手八下，堪称"温八叉"。

但他名声大噪，还得归功于后面的一次科举考试。

当时，温庭筠替人代考的名声已经很响亮了，形成了一股不可小视的力量。考官深恶痛绝，为了提防他，甚至搬了张桌子坐在他对面，还用帘子遮起来。当考官以为万无一失的时候，温庭筠突然交卷了。

《唐摭言》记载："山北沈侍郎主文年，特召温飞卿于帘前试之，为飞卿爱救人故也。适属翌日飞卿不乐，其日晚请开门先出，仍献启千余字。或曰'潜救八人矣'。"意思是，早早退出考场的温庭筠，仍然偷偷地"救"了八个考生。此事传出后，整个考场为之震动，学子对考官群起而攻之，双手赞成"温八叉"。

温庭筠的屡次"救场"，无疑是对大唐科考暗箱操作的一种鞭笞。而打击黑暗势力如此得力，可能也只有"混混"出身的风流才子温庭筠能做到。

令狐绹一看苗头不对，很快就偃旗息鼓了。

当年，令狐绹凭借宰相的权力，暗地里"请托"，让儿子令狐滈免去乡考等多重选拔，直接参加科考，又贿赂主考官以获得好成绩，让令狐滈当上了"无解进士"。而令狐滈作为大臣家属，仗势擅权，私自买卖官位，外号"白衣宰相"。

书中曾写道："每一个铜钱敲开来都是血。"如今，滔天的黑水都快聚成河了，温庭筠只是蹚了一脚，让人看见他湿了的鞋，荡清这官场中密密麻麻的、渗透性的污秽。

温庭筠在官场失意，在情场却与"唐代四大女诗人"之一的鱼玄机有过一段传奇。

相传，鱼玄机小时候叫作鱼幼微，在青楼负责洗衣，偶然碰到了落魄的温庭筠，许是姻缘巧合，一个浪子，一个少女，竟站在河边搭上了话。鱼幼微富有慧识，通晓诗词，两人聊起诗词歌赋一唱一和，颇为风雅。

往后，温庭筠便与她亦师亦友，交往起来。

时间久了，鱼幼微对他日久生情，互相唱和的诗词频繁往来，某些情愫生根发芽，在心神之间飘来荡去，想起他时，心生一丝暖意，仿佛开出一朵小花。"玲珑骰子安红豆，入骨相思知不知。"

温庭筠碍于师生关系，又深知年龄悬殊，便与她辞别了。"何当重相见，樽酒慰离颜。"

后来，他亲自为鱼幼微介绍了一位状元郎做丈夫，算是仁至义尽了。

在人前，他是浪子，在单纯年幼的鱼幼微面前，他是清清白白的师长。风流不羁的温庭筠，像是反射的一面镜子，时代如此，他便如此。

许是失意久了，他写下很多情诗，一不小心就成了"花间派"的鼻祖。

他诗中的女子又美又寂寥，何尝不是他自己呢？

温庭筠曾感慨，"词客有灵应识我，霸才无主独怜君"，也曾被人叹惜，"凤凰诏下虽沾命，鹦鹉才高却累身"。皇帝下诏书贬他，撰写诏书的人手下留情："孔门以德行居先，文章为末。尔既早随计吏，宿负雄名，徒夸不羁之才，罕有适时之用。放骚人于湘浦，移贾谊于长沙，尚有前席之期，未爽抽毫之思。"意思是，你原本可以早早当官，但自负才情，不懂得审时度势。没关系，屈原贾谊都曾被贬，你仍有被重用的机会。

繁与简的纠缠，恶与善的共存，让某些人的光阴保有表面上的浪荡和最恰当的孤独。

"横看成岭侧成峰"，温庭筠，可以恨，可以爱。

诗人小传

温庭筠（约812—约866年），本名岐，字飞卿，并州祁县人，唐代诗人。唐初宰相温彦博的后裔，才思敏捷，每作诗前"八叉手成八韵"，外号"温八叉"。与李商隐并称"温李"，与韦庄并称"温韦"。早年替人代考，自己却屡试不第，流落而终。被尊为"花间词派"鼻祖，现存诗七十多首，代表作有《南歌子》《更漏子》《菩萨蛮》等，后人辑有《温飞卿集》《金奁集》。

贾岛：大唐最"笨"的诗人

题李凝幽居

闲居少邻并，草径入荒园。

鸟宿池边树，僧敲月下门。

过桥分野色，移石动云根。

暂去还来此，幽期不负言。

要做一个笨人，其实是很不容易的。

笨人天资不高，做起事来往往事必躬亲，收获颇少，经常是费尽力气也难敌智者分毫。他们穷极一生，都在寻找一把能劈开心中大海的斧头，最后，千辛万苦找到了"勤勉"。

所谓"勤能补拙"，是真的吗？我们一直认为，对于普通的事或许可以，但在有关天赋的事上，就很难说了。而唐朝最"笨"的诗人贾岛，"二句三年得，一吟双泪流"，为了写一首好诗，思索三年，才写两句，竟把自己感动哭了。

他一生就做了两件事——"推敲"，推和敲。

贾岛出生前的几十年，幽州范阳县被安禄山据为老巢，"安史之乱"过后，范阳又遭到藩镇势力的牵掣，几乎处于与外界隔绝的状态，属于"自闭式"城镇。

在这种环境下，贾岛出生了。

贾岛家境贫寒，没有什么显赫的背景，参加考试也屡屡失败，穷得吃不起饭，只能出家为僧，去寺庙里艰难生活。

当时，他辗转东都洛阳，又迁至京都长安，落脚在青龙禅寺，以僧侣的身份生活。

僧人都要取法号，贾岛也不例外。他的法号叫"无本"，有一层漂泊无依、没有归宿的意思，也隐晦地形容出他的生存窘境，如同无源之水，无本之木。现在，他终于拥有了一个"家"、一个新居所、一个新的宗教信仰，还有以往人生罕有的稳定感。换作别人，下半辈子都将吃斋念佛，不问世事了。

或许有人渴望这样平静的生活，但对于性格执拗的贾岛来说，未见得满意。他是一个"笨"人，认准一件事，就要一直做下去。这大概是诗人气质的另一种注脚。

于是，穷到屈居寺庙的贾岛"虽行坐寝食，苦吟不辍"，在枯寂的禅房生活中，他每天吟诗作对，废寝忘食地琢磨词句，一心想着如何扫清晚唐诗词的浮艳之气，但"下笔如有神"总是和他毫无关联。

在过去的几十年里，他几乎算得上唐朝最勤奋的诗人，没完没了地采风、思索、下笔、再修改……永远在写诗。但每次他新写完一首诗，再回首翻阅前人的诗文，都深深地自愧不如。

一个既是僧人，又是诗人的"笨"人，该以怎样的姿态活下去？

坚持。

说实话，一个没有天赋的人想要成功，想要给自己搜寻出一条生路，难比登天。好在总有一个近在眼前的、让自己靠近梦想的方法，就是坚持。坚持是一个不挑剔主人的"宝物"，人人都可以得到，但很少有人愿意去做。

贾岛比任何人都懂得持之以恒，简直就是"铁杵磨成针"的代言人，他应该被人钦佩。

贾岛一定读过李白，读过同时代的大家名篇，他也一定知道，他们不假思索创造的千古绝唱，是其呕心沥血一生也无法获悉的，就算他留下了浅薄的历史痕迹，冷风一吹，名字也会被人轻易地掠去。这就是诗词天赋中，不可跨越的边界。

痛击之下，他不甘平庸，而是代表了另一种诗人形象，苦吟派。

唐朝《云仙杂记》提名过几位著名的苦吟诗人："孟浩然眉毫尽落，裴祐袖手，衣袖至穿，王维至走入醋瓮，皆苦吟者也。"作为晚唐下层寒士的贾岛，也像一只痛心疾首的冬雀，音调哀伤，始终唱吟着直到泣血。

贾岛写了一首诗，写的正是自己，叫作《题诗后》：

两句三年得，一吟双泪流。

知音如不赏，归卧故山秋。

仅仅两句诗，花了三年去写，如今一读竟然忍不住哭泣。如果没有知音赏识，我就归隐吧。这便是贾岛无比悲憔瘦悴的心声。

他对诗的喜爱已经是一种本能，只是生活的真相往往不配合个体爱好发展，最在意的事情反而没有着落，形成一种无解的困局。

困局中，贾岛强韧如野草，风吹不折，雨打不萎。

秋日的一天，他照常骑着毛驴颠簸在长安的街道上，清凉的风像一把扫帚将落叶敲下来。他看着一片一片叶子，旋转凋零，自言自语："落叶满长安……"下一句对什么好呢？毛驴踢踏叶堆，牵着他的思绪向远处蔓延，远处，是城池，城边，有渭水。

"秋风吹渭水，"贾岛灵机一动，突然一拍手，"落叶满长安，秋风吹渭水，好啊！"

他喜不自禁，骑着毛驴，浑然不觉地撞上了迎面而来的马车队伍。有风呼啸而过，拍在他的脸上，这时贾岛才清醒过来，一种无力感瞬间上涌。

这一撞，原来撞在了刘栖楚的马车上。刘栖楚是朝廷亲命的京兆尹，职位很高。这下子，贾岛被当成意图不轨之人抓了起来，即便解释清楚，也因为冒犯的罪名被关押了一晚，等到白天才被释放。

他木然地被人扔进牢狱，又扔回到大街上，觉得很痛苦。

但经此一事，贾岛没有吸取教训。

《唐才子传》说他："当冥搜之际，前有王公贵人皆不觉，游心万仞，虑入无穷。"一旦思考起来就忘乎一切，眼前站着王公贵族都察觉不到，心早已飞到各处去了。

不知道过了多久，有天他骑驴走在大街上，又撞到一个人。

是时，贾岛正出神地琢磨昨晚访友时写下的诗句。

"鸟宿池边树，僧推月下门，还是僧敲月下门？推和敲，哪个字比较好……"想着想着，他竟不由自主地伸出手，比画着推敲的动作，路人纷纷向他投去奇怪的目光。

哗然一声，不知发生了什么，吓得他差点从驴背上摔下来。正当贾岛惊慌之际，又被一群官吏强拉硬拽下来，按住双臂，气愤地将他押到一个骑着高头大马的长官面前。

此人正是韩愈。

当时，韩愈的职位也是京兆尹。他脾气温和，没有像刘栖楚那样大动肝火，而是寻问贾岛："好端端的，你怎么撞到我的出行队伍了？"

贾岛如实回答，说自己还没想到用"推敲"中的哪个字，一时走神，就忘了让他的驴子回避车马队伍。

韩愈想了好一会儿，说："'敲'字好！"他爱才，看得出贾岛读书刻苦，也欣赏他专心做学问的态度。这一撞，不仅让他们成为布衣之交，也留下了一首歌咏千年的《题李凝幽居》，成为"推敲"一词的来源：

闲居少邻并，草径入荒园。

鸟宿池边树，僧敲月下门。

过桥分野色，移石动云根。

暂去还来此，幽期不负言。

后来，韩愈的好友孟郊去世，悲伤过后，他写了一首诗赠予贾岛："孟郊死葬北邙山，从此风云得暂闲。天恐文章中道绝，再生贾岛在人间。"意思是，孟郊死后，我恐怕文章断绝，幸好天地又生出贾岛留在人间。

能得到韩愈的赏识，找到一个知己，便不枉贾岛甘愿做"诗奴"的心情了。

认识韩愈之后，贾岛发现，能够不断取得显著成功的人，也没有那么多。

"笨"不是什么羞耻的事，只是一种常态。这让他更有了坚持下去的恒心。

在韩愈的劝说下，贾岛还俗了，他离开寺庙，重新参加科举考试，虽然屡屡失败，还是一鼓作气写下《病蝉》讽刺权贵。他被人钉在了考场的耻辱柱上，说他是"无才之人，不得采用"，更冠以"考场十恶"的名声。多年后，他好不容易混到一个小官位，又反复被贬，最终沦落普州，于武宗会昌三年去世。

终其一生，贾岛仕途虽然不顺利，但他的才情和精神却流传下来，诗词也岁岁不朽。

借由贾岛，观照自身，你会发现，外界总是告诉我们要做一个"聪明人"，却不教"笨人"如何自处，如何实现自我价值。

真正让人退却的，是当你面对那座极震撼的、庞大的高峰时所克制不住流露出的卑渺感。你偶尔会想，追求是美好的，一些人理所当然地追求它，并且成功了，自己属不属于那一部分人呢？在某个时刻，你也会怀疑，心中的期待可能永远也无法实现。

这种丧气的念头不是一种迷茫，而是每个人必经的分水岭，就像一个"劫"，熬过去的人都柳暗花明了。

不必为"笨"沮丧或者痛苦，摆放好姿态，喂养好精神，安放好灵魂，这是人间真情味，也是成功之后最大的肯定和赞誉。

　　贾岛（779—843 年），字阆仙，自号碣石山人，曾出家为僧，号无本，河北幽州范阳人，晚唐著名的苦吟派诗人，人称"诗奴"，与孟郊并称"郊寒岛瘦"。曾因琢磨诗句中的"推敲"二字被韩愈赏识，但累举不中，屡遭排挤，人生失意，著有十卷本《长江集》等。

罗隐：我很丑，我也不温柔

蜂

不论平地与山尖，无限风光尽被占。

采得百花成蜜后，为谁辛苦为谁甜？

有人二十岁夺得科举头筹，名闻天下，也有人从小考到老"十上不第"，铩羽而归。

说起唐朝考试最多却从未及第的诗人，可能只有冷门诗人罗隐了。他虽然如今实属冷门，但在唐朝名声很响，而且是一个非常有意思的人：论写诗吐槽，属他第一名。你永远不知道，下一句他会说出什么。

放榜那日，长安街口门庭若市。罗隐挤在乌泱乌泱的人堆里，挨着几个乡士学子和落榜数次的同僚，目光越过一个个肩头，落到榜单上。字迹很小，名字并不好找，但他仍是仔仔细细地搜罗一遍又一遍，生怕错过了。

"没中，唉，又没中！"周围的人此起彼伏地念着这句话。罗隐没有搭理他们，仍旧盯着榜单，直到身边的人一个接一个离开，像觅食的鱼群吃饱似的纷纷散开，他才发现，自己也是落榜者之一。

几家欢喜几家愁，另一边，一个当官的朋友的儿子及第了。罗隐写了首诗送去祝贺，朋友无比感慨，对儿子说："吾不喜汝及第，喜汝得罗公一篇耳。"意思是，他不期望儿子及第，只期望儿子能写出一篇像罗隐那样的文章。

并非朋友谬赞，半个京城都知道罗隐的名气。

他自幼学识渊博，很早就会写诗，而且喜爱写一些讽刺黑暗势力的文章，浅显易懂，又颇具才情。他的名字在民间广为流传，可谓"天下名士之楷模"，但现实却是残酷的。

晚唐，在长安，藩镇、权臣、宦官把中央权力割散，从四面八方掌控着各种政治事件，尤其是科举考试。考场充满了徇私舞弊，没有公平可言，科举也已变成党派替自己笼络人手的新手段。

桂堂之外，国力一再暴跌，百姓生活困苦，从全国各地聚集而来的文人甚至倾家荡产，做好了应试的准备。但他们不知道，游戏规则已经变了，这场考试还没开始就形同结束。

罗隐不一样，他的锋芒难以掩盖，连唐昭宗都有所耳闻。

《唐诗纪事》记载，唐昭宗原本想给罗隐安排甲科的成绩，大臣中有人劝阻："隐虽有才，然多轻易，明皇圣德，犹横遭讥谤，将相臣僚，岂能免乎？"总而言之，就连皇帝也拯救不了他，更别说拨开迷雾拯救大唐了。

没过多久，王仙芝起义、黄巢起义接踵而至。

这两场起义运动都是由农民发起的，前者因为遭遇水旱天灾，官吏苛税，百姓走投无路了，这才集体造反。而后者黄巢，正是著名诗句"他年我若为青帝，报与桃花一处开"的作者，他曾屡试不第，本就厌烦了暗无天日的朝廷统治，这一次带领群众揭竿而起，也是为了响应王仙芝的号召。

相传，在起义的威胁之下，唐昭宗出逃了。逃亡路上，有一个在宫中耍猴的艺人随行护驾，唐昭宗很感动，赏给他五品官位，还赐予他"孙供奉"的称号。

这就让罗隐按捺不住了，不能参与起义，只能写诗骂皇帝。

罗隐脱口而出一首《感弄猴人赐朱绂》，非常讽刺：

> 十二三年就试期，五湖烟月奈相违。
> 何如买取胡孙弄，一笑君王便著绯。

罗隐花了十几年考试，牺牲了自由的岁月，割舍了五湖四海的美景，困顿长安，不言气馁，结果现在一个耍猴的人讨来君王一笑，竟然加封五品官员，这教天下读书人如何自处？教他如何不愤怒？除此以外，唐昭宗的昏庸，也在这首诗中一览无余了。

唐代诗人汪遵曾写："陆困泥蟠未适从，岂妨耕稼隐高踪。若非先主垂三顾，谁识茅庐一卧龙。"说的不是罗隐，却胜似罗隐。不过，就算罗隐真的是"卧龙"，又幸运地生在盛唐时期，也不一定会被朝廷选中。因为科考不只考量才华，还需要评判一个人的相貌美丑。

在隋唐以前，朝廷选拔人才就已经开始重视人的长相了。官员若是长得丑，就会影响民间对朝廷的评判，显得国力不济，好像选不出才貌双全的人似的。而唐朝开放，外域人口大量入境，朝廷也更加注重对外的形象问题，说白了，就是"好面子"。

可是，奄奄一息的晚唐仍在纠结长相问题，只能说是"打肿脸充胖子"。

归根结底，罗隐长得丑，是事实。

《鉴诫录》和《南部新书》也提到罗隐之貌丑，甚至吓跑了自己的迷妹。

当时，宰相有一位女儿，长得极美，喜爱吟咏罗隐的诗词，读到"张华谩出如丹语，不及刘侯一纸书"的时候，更是爱慕得不行，神魂颠倒，患上了相思病。宰相把罗隐请到家中做客，他的女儿躲在帘子后面偷看，没想到一见罗隐长得奇丑，相思病一下子就痊愈了，此后再也不读罗隐的诗文了。

"未能惭面黑，只是恨头方。"罗隐自嘲。

因貌丑被嫌弃，简直滑天下之大稽。但事实就摆在眼前，美丑泾渭分明，这大概就是命运，他注定只能成为一位优秀且毒舌的脱口秀演员。

罗隐长得丑，是第一特色。性格激进还毒舌，是第二特色。

他初次赶考的时候，路过钟陵，与一位名叫云英的风尘女子有过羁绊。十二年后，落榜时又碰见云英。云英虽然老了，但仍然貌美，身轻如燕，她很惊讶地问："罗秀才尚未脱白？"意思是，你怎么还是个白衣书生？

罗隐刚刚落榜，憋了一肚子火气，朝她怼道："钟陵醉别十余春，重见云英掌上身。我未成名卿未嫁，可能俱是不如人。"十几年过去，你还是老样子，我没成名你也没嫁出去，可能都是因为比不上其他人。

他被戳到痛处，也不忘戳戳别人的痛处。

除了"躺枪"的云英，对于花花草草，罗隐也要用他那张"圣贤口"批斗一番。反正考不中进士，不如放飞自我开启吐槽模式，排遣郁闷。

他看见百姓辛苦劳作，成果却被朝廷轻易收纳，于是写下《蜂》："采得百花成蜜后，为谁辛苦为谁甜？"你们辛苦采摘花蜜，到底是为谁辛苦，又让谁吃蜜去了呢？

雪天，官员们聚餐庆贺瑞雪兆丰年，他站在人家门口写《雪》："长安有贫者，为瑞不宜多。"外头老百姓都要冻死了，你们却在庆祝下雪，还是少下点雪吧！

他写《金钱花》："若教此物堪收贮，应被豪门尽劚将。"要是金钱花能够储藏，恐怕早就被豪门屠拔干净了。

从冒犯性、敏感性、民俗性三个维度看，罗隐都是顶尖的。辛辣的语言，锋利的观点，能让他从浑浑噩噩的状态里抽离出来——这就是讽喻诗的特别之处，它有着与其他风格完全不同的犀利气质，它背后的意味也足够复杂，深有感喟。

他借酒消愁，像潇洒的李白那样，写下脍炙人口的《自遣》：

得即高歌失即休，多愁多恨亦悠悠。

今朝有酒今朝醉，明日愁来明日愁。

一个人本身拥有才华，却走到无可奈何的境地，是最令人唏嘘的事；一个人身上出现"认命感"，自动沉潜下去，是最令人悲叹的情形。百味交杂，生活的真相和无奈全涌上来了，接着是无穷无尽的重复。但苦难上面应该有种厚实的东西，一点希望的微芒、怜悯和温暖。

可惜的是，晚唐如炼狱，他没有找到一丝温暖的避风港，只能将自己点燃，或变成一把寒光烁烁的短匕，亦灼亦刺地触痛邪恶。而这场抗争，也比胜利更加耀眼。

诗人小传

罗隐（833—910 年），字昭谏，杭州新城人，唐代文学家、诗人。曾参与科举考试十余次，不第，史称"十上不第"。诗词风格辛辣，爱好戏讽之作，有"采得百花成蜜后，为谁辛苦为谁甜""今朝有酒今朝醉，明日愁来明日愁"等脍炙人口的佳句，著有《谗书》《太平两同书》等。

韦庄：回不去的家乡，挽不回的爱情

菩萨蛮

人人尽说江南好，游人只合江南老。

春水碧于天，画船听雨眠。

垆边人似月，皓腕凝霜雪。

未老莫还乡，还乡须断肠。

生命中最珍贵的东西，往往并非"得不到的"，而是"已失去的"。

韦庄一生留下的两个心结，都与"失去"有关。

其一是背井离乡，他的江南只留在他的梦中，"未老莫还乡，还乡须断肠"；其二是忍痛割爱，将爱慕的女子拱手让人，"万般惆怅向谁论？凝情立，宫殿欲黄昏"。这任何一种，都能让人一把鼻涕一把泪。

读他的诗，似听见一个垂泪的老头喃喃自语。

韦庄出生的那年，朝廷传出一个谣言：唐文宗意欲将兵权交给宰相。

这随风潜入夜的谣言，戏剧性十足。朝堂之上，朝臣和宦官势同水火，明争暗斗的硝烟还未消散，混战又一触即发。牵累到民间，百姓人心惶惶，寝不脱衣，随时准备出逃，这种无人关心的惨状，在统治者本身尴尬处境的反衬下，更暴露出某种荒诞的凄凉。

韦庄生得很不是时候。

"韦"是关中望姓之首，韦氏家族在唐朝也极具声望，但到了晚唐一切重新洗牌，轮到韦庄这一代，韦氏已经和布衣没什么差别了。

贫寒之外，韦庄的骨子里仍然流淌着家族的使命感和荣耀感。出身卑微的他，开始勤学苦读，走科考之路，尝试翻身。然而，祸不单行，父母早早离开人间，时值隆冬，家中那扇窄小的窗遭到疾雪扑打，凛风咆哮，黑黢黢的夜仿佛没有尽头。

摧残之下，韦庄一边照顾弟妹，一边劳心诗书。《十国春秋》说他："幼能诗，以艳语见长。"可见，他本身是具备天分的，老话也说："贫无可奈惟求俭，拙亦何妨只要勤。"一个人既有天赋，又十分勤勉，理应能够突破重围。

广明元年，四十四岁的韦庄在长安参加考试，不幸落榜。来不及伤心，黄巢带领的农民起义军已经攻入长安。同科考的失利相比，战争才是摧毁性的压力。

战火中的长安，活像一个透风漏雨的破茅草屋，君臣和百姓乱成一锅粥，抱头鼠窜，狼狈不堪。而这场正邪难辨的起义，则是落在每个人身上的一场鞭罚。韦庄亲眼见证了这场鏖战的戏剧性：有人贪功，妄报战胜；有人投靠黄巢，自立为王；也有人想接受朝廷"招安"，自相残杀……

时运不济，晚唐朝野在重新归于保守和分裂的过程中，耗尽元气。

韦庄写了一篇与《孔雀东南飞》《木兰诗》并称"乐府三绝"的史诗巨作——《秦妇吟》，记录这个时刻，以及这个令人深恶痛绝的人间地狱。墙角边，城楼下，散落着僵死之人的尸首。长安街道上的欢声笑语，替换成了无休止的杀伐声，御沟的杨柳被士兵砍伐殆尽，只剩下光秃秃的木桩，士兵杀人如麻，抢粮食，烧房子，尸堆成山，血流成河，一批批的人从长安城里消失，野外的坟墓越来越多。

> 昔时繁盛皆埋没，举目凄凉无故物。
> 内库烧为锦绣灰，天街踏尽公卿骨！

韦庄拖家带口，辎重疲沓。他在毫无生气的黄昏中奔波，摸不清方向，哪里没有火光，就往哪里逃去。在路上，他和弟妹们失散了，韦庄疯了似的寻找，但什么也没找到，甚至不敢肯定他们是否还活着。有些东西，近在眼前，远在天边。

> 一身苦兮何足嗟，山中更有千万家。
> 朝饥山上寻蓬子，夜宿霜中卧荻花！

这不是他一个人的苦楚，村坞里，野山上，还有成千上万像他这样的凄惨人家。

朝廷的官兵逃离长安后，切断了黄巢起义军的粮食通道，逼迫他们搜刮百姓。最惨的便是百姓，饿了，就到山里找野花野草充饥，夜晚，就顶着霜露睡在芦苇丛里。更有甚者，以树皮为食，以死人为肉！

> 四面从兹多厄束，一斗黄金一斗粟。
> 尚让厨中食木皮，黄巢机上刲人肉。

沧落至此，连最后一丝人性都泯灭了，活着的人苟且偷生，又与死者何异？大唐的天下，可能仅剩一片清平的地方了：江南。最后一根救命稻草，人人都以此为寄托，原本出生在长安城的富贵人家都转变了贪图富贵的心思，恨不能，飞身江南做一缕鬼魂在人间飘荡。

> 奈何四海尽滔滔，湛然一境平如砥。
> 避难徒为阙下人，怀安却美江南鬼。

《秦妇吟》就此成了中国古代叙事诗的丰碑之作。只是，韦庄这一生都没有见过清平之世，他宁愿世间没有《秦妇吟》。

中和二年，黄巢起义第四年，他四十六岁，离开长安，投身洛阳，在镇海军节度使周宝的府上任职。没过几年，黄巢起义停息，但周宝的府上又开始内乱，韦庄被迫逃亡常州。

九年里，朝廷跟跟跄跄地收复失地，韦庄流离失所，四处迁徙。

他还有一件事没完成——参加科考，金榜题名。进士的身份是硬通货，有了这层金衣，至少能保自己不饿死，运气好的，甚至能封侯万里，光宗耀祖。

乾宁元年，将满六十岁的韦庄终于考中进士，被封予校书郎的职位。

不久，唐昭宗升韦庄做判官，遣他前往蜀地，任务是劝和正在内战的西川节度使和东川节度使。

西川节度使王建见到韦庄之后，赏识他的才华，欲将韦庄策反成自己的人。

韦庄犹豫了。

在正统朝廷的管制之下，他只能做一个小小校书郎，当了判官又如何呢？心中的宏图一辈子都无法施展。而王建不一样，他野心勃勃，屡战屡胜，又表明了爱才之意……错过王建，韦庄就错过了荣耀一生的机会。然而王建是一匹恶狼，他会不会咬伤自己呢？

犹豫之下，四年过去，已至光化三年。

当朝皇帝唐昭宗发现了宦官当道的弊病，意欲扫清宦官，不料宦官先行一步，软禁了唐昭宗，还假传圣旨，立太子李裕为帝。韦庄非常失望，吟出"已闻陈胜心降汉，谁为田横国号齐"，表明了投靠王建的决心。

一入蜀地，长安便成了永远回不去的家乡。

天祐元年八月，将近七十岁的韦庄听闻唐昭宗被朱温杀害的消息。三年后，唐朝的最后一位皇帝唐哀帝又被迫让位朱温，改国号为"梁"。

自此，大唐亡了。

新皇帝的"三把火"很快烧到了蜀地。王建有趁乱起兵、自立为帝的念头，韦庄添了一把力："大王虽忠于唐，唐已亡矣，此所谓天与不取也。"话说到这份儿上，就有了"匡扶大唐"的正义理由，王建便自封为帝，成了前蜀的开国皇帝。

韦庄经历了唐代与五代十国两个时期，跨越了种种战乱，在前蜀一路晋升，官任宰相，七十五岁时，最终在蜀地去世。

传说早年间，韦庄的身边有一个歌姬，温婉可人，擅长词曲，凝聚着数不尽的风情，颇受韦庄宠爱。在蜀地之时，王建却不闻不顾地夺人所爱，将歌姬困于自己的后宫。

韦庄十分伤心，接连写下《荷叶杯》与《小重山》：

> 记得那年花下，深夜，初识谢娘时。
> 水堂西面画帘垂，携手暗相期。
> 惆怅晓莺残月，相别，从此隔音尘。
> 如今俱是异乡人，相见更无因。

> 一闭昭阳春又春。夜寒宫漏永，梦君恩。
> 卧思陈事暗销魂。罗衣湿，红袂有啼痕。
> 歌吹隔重阍。绕亭芳草绿，倚长门。
> 万般惆怅向谁论？凝情立，宫殿欲黄昏。

他作为"花间派"的代表诗人，诗词流丽条畅，虽是淡笔，却浓情。歌姬读过后，悲从中来，不思饮食，竟绝食而死。这段爱情故事也被《古今词话》和《尧山堂外纪》连番记载："韦庄有宠姬，姿质艳丽，兼擅词翰，为蜀主王建所夺，于是作《荷叶杯》《小重山》等词，词流入禁宫，姬闻之不食而死。"

先失家国，后失爱人，"可怜无定河边骨，犹是春闺梦里人"。

他没有扭转局势的能力，狠狠怀念一番，也许是他最锋利的武器。

诗里诗外，最忆江南。隔着无声岁月，隔着几重山水，唯有把略显清平的江南，追忆成回不去的家乡，仿佛才有了归宿，才能安抚他涕泗滂沱、肝肠寸断的心，经了一番寒彻骨，挨过一场场雪，在幽微的光阴里，孤独赶路。

诗人小传

韦庄（约836—约910年），字端己，长安杜陵人，晚唐诗人、词人，五代时前蜀宰相。文昌右相韦待价七世孙、苏州刺史韦应物四世孙，"花间派"代表诗人，与温庭筠并称"温韦"，代表作《秦妇吟》与《孔雀东南飞》《木兰诗》并称"乐府三绝"，享誉天下。有十卷本《浣花集》，后人辑为《浣花词》。《全唐诗》收录其诗三百余首。

鱼玄机：晚唐最苍凉的青楼女子

赠邻女

羞日遮罗袖，愁春懒起妆。

易求无价宝，难得有心郎。

枕上潜垂泪，花间暗断肠。

自能窥宋玉，何必恨王昌？

很久以前，鱼玄机还不叫"玄机"，她叫鱼幼微。

那时候，鄠杜的柳湾煞是好看，绿须飘摇，水草缠绵。透过春意荡漾的水波，飞卿公子静静地听她吟《赋得江边柳》，山色阑珊，岁月漫长。好像一生凝成一滴泪，落在这一瞬了。

大中八年，素秋时节。

天色是鱼肚白，蒙蒙亮的，弯如眉的月牙在柳湾上挂了一宿，海棠花雨吹皱江水，将河面铺染成曼妙的绯色。水雾浓厚，烟笼两岸，水白褪尽之后，一个朦朦胧胧的影子蹲在河边。

一木盆，一棒槌，一堆轻衣罗裙，十岁的鱼幼微抱着衣裳在水中淘洗。

作为青楼的浣衣女，这是一个再寻常不过的上午。

不寻常的是，柳湾边走过来一个男人。许是"腹有诗书气自华"的缘故，抑或鄠杜恰巧是人杰宝地，这个男人虽然相貌普通，但身如柳木，浑然是读书人的样子。他的头发慵懒地散在耳后，像是刚睡醒出来透气，有些邋遢，却别有味道。看样子，应是青楼的常客。

男人走上前，托着下巴饶有兴致地问："你就是鱼幼微？"

"正是。"她答应了一声。

鱼玄机出生于秀才之家，是一位不可多见的读书女子。她自幼聪慧，名声远播，然而家贫如洗，迫不得已在青楼替人洗衣谋生。几年下来，看腻了青楼里油头肥面的常客，突然瞧见一个举态端正的公子，眼睛一亮。

对了，她在青楼见过他几次，这人好奇怪，每次跑来听曲，免费帮歌姬的曲子填词，青楼里的姑娘都喊他"飞卿公子"，想忘都忘不掉。

她只知道"飞卿公子"，不认识什么温庭筠，而这个叫温庭筠的男人却认识她。

"听说你会写诗，那我考考你如何？以'江边柳'为题，可否请你赋诗一首？"他懒散地倚着柳树，含着笑。

鱼幼微小小的脸颊与桃花相映红，道："这有何难？"不假思索，玲珑的句子倾泻而出：

> 翠色连荒岸，烟姿入远楼。
>
> 影铺秋水面，花落钓人头。
>
> 根老藏鱼窟，枝低系客舟。

萧萧风雨夜，惊梦复添愁。

　　四周虽荒，但碧草连天，江上烟雨渺渺，楼阁影子微茫，如诗如画。柳树的影子，安静地铺在水面上，花瓣无声地落在钓鱼人的身上，好不生动有趣。然而，话锋突转，一低头，她看见柳树的老根在水中盘根错节，成了鱼的洞穴，低垂的枝干只能暂时系住旅客的小船，一切美好都是不长久的，朝生暮死，犹如露水。风雨萧瑟的夜晚，秋叶飘摇，人们被梦惊醒，平添了一层忧愁。

　　前四句简而不凡，生机勃勃；后四句颇为老成，沉郁愁浓。题为"江边柳"，但全诗无"柳"，却道尽了柳的生机与衰败，足成千古名诗。

　　鱼幼微回过神，看见"飞卿公子"的眼睛像两只点了火的灯笼，惊喜地盯住自己。她有些局促，又有点骄傲，若无声息地挺直了背，眼神偏到一旁，看柳叶在水上打滚，不敢同他对视。

　　江岸，柳絮悬垂；人面，灿若烟霞。

　　朝霞犹如洒金，柳树间秋风温柔。温庭筠大方地称赞她，并提点了一些诗词要领，还答应她会来教她写诗，鱼幼微欣喜不已。

　　江边柳下，似有一份承诺，就此许下。

　　那晚的月亮弯若银钩，照得柳湾的水面亮堂堂的，鱼幼微睡不着，推开窗户，静静望着墨色深浅的柳枝。那教诗之人已转身走远，但只要还有这一片荟荟郁郁的柳树，就仍可以指给她，心念的人在哪儿。

　　随后的几个月里，他经常来，一来便倾囊相授。虬龙盘曲的书法，游走出尘的灵气，带着他半生的坎坷和丰满从深邃的诗文中探身而出，在她的眼前，点染出一片飞扬淋漓的波涛。

两人亦师亦友，早已不再陌生。

岁月温柔，他教她更多的学识，指点她精妙的文理，一直小心守护着鱼幼微朦胧稚嫩的绯色梦境。在花开满怀时，她的心被柔软地触动，缓缓地缠绕……她渐渐爱上他。

谁敢奢望自己，会如温庭筠那般，用才情游戏人间，在朝野内外获尽仰慕？然而，就在此刻，在江边柳岸的园子里，鱼幼微仿佛看到他与世隔绝，全然走入一个女子的心扉，独为己有。

鱼幼微想，再过几年，哪怕依稀微茫，也仍希望他能连同今秋的记忆，在自己身边归宿。

大中九年，温庭筠同她辞别，理由是赶考功名。

鱼幼微心中一紧，乌梅大的眼睛盯住那张熟悉的脸，无法言喻的情绪从心底涓涓冒出。说不上是喜是悲，顷刻间，掌心渗出细汗，五味杂陈的情感淹没她。退潮之后，她只在心中默默说：没关系，我愿意等。

在温庭筠离开的日子里，她写诗远寄相思，如《早秋》：

> 嫩菊含新彩，远山闲夕烟。
>
> 凉风惊绿树，清韵入朱弦。
>
> 思妇机中锦，征人塞外天。
>
> 雁飞鱼在水，书信若为传。

温庭筠收到诗笺，便写《早秋山居》相和：

山近觉寒早，草堂霜气晴。

树凋窗有日，池满水无声。

果落见猿过，叶干闻鹿行。

素琴机虑静，空伴夜泉清。

岁岁盛开，她掰指数日，痴痴地等着故人来。

其实，温庭筠早已看出鱼幼微流露的爱意，但他早已年迈，她才十岁冒头，芳华正茂，他与她又是师友的关系。再说，他穷困潦倒，总不能自己吃了半辈子苦，下半辈子还要连累一个弱女子……断不可破灭这份独一无二的清白。

岁月如刀，在苍老虬曲的柳树上刻下了斑驳的伤痕。

为了补偿鱼幼微，温庭筠像老父亲似的寻觅佳婿，终于将目光锁定在好友状元李亿身上。

他一度以为，一名青楼女子能够嫁予状元郎，便是天底下最圆满的事。不料，这却是她堕入深渊的开场。

在温庭筠的撮合之下，十四岁的鱼幼微嫁入李家做妾。

"人有生老三千疾，唯有相思不可医。"即便嫁给状元郎，她仍不忘写诗给温庭筠，虽不能做夫妻，却已然成了知己。

她写《冬夜寄温飞卿》，温庭筠便作《晚坐寄友人》。她嫌知音少，忧道："月色苔阶净，歌声竹院深。门前红叶地，不扫待知音。"他便跟着惆怅："幽鸟不相识，美人如何期。徒然委摇荡，惆怅春风时。"两人往来唱和将近十年，诗作数不胜数。

鱼幼微年轻貌美，满腹才情，又是挚友推荐的，李亿对她倍加关照。另一边，李亿的正妻却萌生了妒意，容不下这个处处强于自己的小妾，又愤恨她青楼出身，逼着李亿将鱼幼微休出家门。

李亿无奈，退了一步，将鱼幼微安顿在一所道观，允诺三年内一定接她回家。

一冬接着一冬，等到第三年，李亿早已搬家离开了。

海誓山盟，皆为泡影。鱼幼微悲怒交加，心寒如雪，她想到当年江边柳下，睹物思人，怅惘之思愈重。而今踏入状元府，又被赶入道观为道姑，可怜一身才情美貌，究竟为何要被男人辜负到此等境地？

她痛恨至深，落笔一首《赠邻女》：

> 羞日遮罗袖，愁春懒起妆。
> 易求无价宝，难得有心郎。
> 枕上潜垂泪，花间暗断肠。
> 自能窥宋玉，何必恨王昌？

无价宝易得，有心郎却难找，我才貌双全，即便是宋玉都将败在我的石榴裙下，又何必去怨恨不懂识人的王昌呢？"莫唱当年长恨歌，人间亦自有银河。"

咸通七年，鱼幼微二十二岁，在咸宜观出家，改名鱼玄机，与从前的一切道别。

从青楼，到状元府，终入道观。

三次迁徙，两次辜负，鱼玄机性情大变，她向全城才子放话："诗文候教！"所谓论诗，仅是名义上的，实际上是以此为由，行风流韵事。

《三水小牍》记载了当时的情形："风流之士争修饰以求狎，或载酒诣之者，必鸣琴赋诗，间以谑浪，懵学辈自视缺然。"城中风流才子争相来访，载歌载酒，琵琶和筝，端正时，品雪沫乳花的茶，戏浪时，男女风流令人咋舌。

她一边风光无两，一边对男人失望透顶。她用"诗文候教"挑衅前夫，也在花天酒地之中寻找到一种久违的存在感，抓住了所剩无几的快乐。但她知道，虚虚实实之间，唯有真爱才有意义。那些欢愉就像一阵风，吹过后，很快会被旧伤覆盖。她清楚地明白，自己这轻薄的后半生，怕是与所爱之人无缘相见了。

江边柳，年年生，不知为谁生。

乍暖还寒时，凭凌玉树前，无论何时何地，她心里都有一方角落，留给那个幽僻的院子，那一江岸的依依杨柳。

后来，传说鱼玄机出门远游，安排侍女绿翘守家，待她云游回来，怀疑绿翘与她的相好私通，妒怒之下，失手将绿翘鞭打至死。鱼玄机也因此被判了死罪，年仅二十七岁。

历史散佚了岁月，往事漶漫了墨迹。

有史学家考证鱼玄机的结局，认为有杜撰嫌疑，可能另有隐情，鱼玄机是否"妒杀侍女"也就成了亘古之谜，亦可能是千古奇冤。但往事不可回首，无论这个传说是否真实，她情伤入骨的一生都已注定。

"情"字总伤人。她一而再、再而三地被辜负，最后，竟连自己也辜负自己。

可是最开始，她想要的，不过是风风雨雨，休戚与共。

"人世悲欢一梦，如何得作双成。"这一场倾国倾城的早秋花事，永远留在历史中，鱼玄机的名字从此也无法抹去，任凭自喜自艾，临水照花。

诗人小传

　　鱼玄机（约844—约871年），原名鱼幼微，字蕙兰，长安人，晚唐诗人，与李冶、薛涛、刘采春并称唐代四大女诗人。曾为妾室，与温庭筠有过交往，后为女道士，因打死婢女被论罪处死。现存诗作五十首，有一卷本《鱼玄机集》，诗句"易求无价宝，难得有心郎"脍炙人口。

马戴：君子为猿鹤，小人为虫沙

灞上秋居

灞原风雨定，晚见雁行频。

落叶他乡树，寒灯独夜人。

空园白露滴，孤壁野僧邻。

寄卧郊扉久，何年致此身。

唐诗，竖着看，是一座山，横着看，是一条河。

大河流经的滚滚涛声，是威严而动情的。它穿越了两百年，在遥远的唐朝掀起狂潮，灌溉了思维的荒漠，让沉默已久的华夏土地倍受润养，以至学问滔滔，人才济济，差一点淹没了晚唐诗人马戴。

马戴，似乎是一个非常陌生的名字。

在晚唐，他有多重要呢？

南宋"诗话第一人"严羽在《沧浪诗话》里说，马戴在晚唐诸人之上。

清朝大臣、"九老"之首、曾给乾隆皇帝润色御诗的沈德潜先生，说马戴的诗"在晚唐中可云轩鹤立鸡群矣"。除此以外，马戴还有"晚唐之马戴，盛唐之摩诘"的美誉。

奇怪的是，马戴深受前人喜爱，今日却籍籍无名。

与其他诗人不同，马戴家境贫穷，而且不是一般的穷，依靠替人耕地换取钱财，困守在打谷子的农场小屋里。这样的生活，维持了整整三十年。

每年丰收，分到马戴手里的粮食总是特别少，运气不好的时候，甚至食不果腹。但他不太在意，只爱吟诗，钻研学问，竟然到了"清虚自如"的境界。

诗不会轻贱一个人。

在诗文里，消磨漫漫时光，研读数年、百年甚至千年的观世哲学，有醍醐灌顶、豁然开朗之感。爱诗的人，独有一种感受，便是读到一篇好文章，会产生玄妙的"饱腹感"，原汁原味的学识之美可以哺育一个饥饿的灵魂。

有时候，当生活环境简陋到一个人不能承受的地步，往往可以从其他方面激发这个人身上最大的潜力。而诗书学问，是马戴找到的最低成本、最高价值的珍宝。

在尝到学识的"甜头"之后，马戴更加苦学，攒下来的钱当作赶考的路费，希望能够一举成名。可惜，天不遂人愿，几次参加科举考试，他始终属于落榜的那一群人。

无奈之下，他开始周游四海。读万卷书，行万里路。

南及潇湘，北抵幽燕，西至沂陇，遨游边关，隐居华山。在古代，行路难，奔波异常劳苦，而且奇峤险绝处颇多，旱涝频繁，山川江海能够轻易将人置于死地。尽管如此，马戴半生的时光，依旧行走在路上，创造了一场独属于自己的"诗和远方"。

在边疆，他写下《出塞词》：

> 金带连环束战袍，马头冲雪度临洮。
> 卷旗夜劫单于帐，乱斫胡兵缺宝刀。

将军穿好战袍整装待发，长刀柄端系着鲜艳的红绸子，一挥而下，万军齐发。数不清的战马冲锋在前，马蹄踏雪，意气风发，泥泞的雪水混着黄沙，渡过洮水河岸，千军万马直逼胡兵牙帐，战斗激烈，将士们筋骨毕露，砍杀胡兵难以计数，只瞧见宝刀上都砍出了缺口。

将士出征，浴血奋战，声色、情态、意象、诗意，瞬间都齐全了。晚唐诗多纤靡僻涩，缺乏骨气，马戴却像活在盛唐时期一般，流水似的写出了气势。

在京城漂泊时，他写《灞上秋居》，仍有大意境：

> 灞原风雨定，晚见雁行频。
> 落叶他乡树，寒灯独夜人。
> 空园白露滴，孤壁野僧邻。
> 寄卧郊扉久，何年致此身。

灞原上，大雾垂江，云天暗淡，风雨刚刚停歇，傍晚的大雁成行，频频飞过天际。他乡的树木已入落叶时节，不知家乡是何情形？唯有寒灯一盏，伴孤夜一人。我空荡的园子覆盖着野草和露水，远郊的隔壁只有野僧当邻居，在这荒凉颓唐之地待了很久，忍不住想，我要到何年何月才能实现志向呢？

马戴不矫揉，不造作，用词却能够达到精雕细琢的程度，"寒""独""空""孤"寥寥几字，便让开阔的景色沉下来，沉向自身，交融了时间与空间的双重孤寂，情感于最后一句爆发，恳切真实，却不激烈，既是叩问世间，也是叩问心门。

会昌四年，失意许久的马戴重新参加科考，这次一举中第，名声也随之而起。但是三年后，在担任太原幕府掌书记一职时，他因为直言获罪，被贬到今日的湖南省，做了一个小小的龙阳尉，和这个世界显得疏离。后来得到赦免，才有机会重回京城。

居住异乡的日子里，他在《落日怅望》里挥洒乡泪：

> 孤云与归鸟，千里片时间。
>
> 念我何留滞，辞家久未还。
>
> 微阳下乔木，远烧入秋山。
>
> 临水不敢照，恐惊平昔颜！

天上的云和鸟，飞越千里只需片刻时间，看见它们，我突然心生羡慕，感念起自己离开家乡太久了。微薄的余晖照耀着粗壮的乔木，一片金红霞光犹如点燃秋山，我临水不敢照面，生怕看见自己已经不是从前的容颜。

马戴在看过"孤云"和"归鸟"之后，恨不能像它们一样跨越千山万水。老人迟暮，落叶归根，这是理所当然的事，对于他来说却成为无法实现的梦想。

微阳"烧"着乔木，也烧灼着他一如秋山般沧桑的心。临水不敢照，这处境，是无限悲哀的。心头百感喷薄欲出，却回到衰老的眉鬓眼角，似有拗怒，又激荡开来，仿佛识尽愁滋味，欲说还休。

十几年过去，到了咸通年间，六十多岁的马戴升迁国子太常博士，这是他做到的最高官位。

其实，这算不得值得庆祝的幸事。

直到年老，头发都白了，马戴才做起正经的差事，俸禄却仍然不能解决贫寒，甚是可悲。但悲哀之下，也有另一种自我实现的圆满：走出农场的桎梏，免于战乱的流离，重回朝廷当官，做一份适合自己的工作……不幸也幸吧。

在马戴或高古或朴拙的诗里，印刻着诗人的生平经历，也留下了晚唐最后的骨气。我们无法真正将他与盛唐时期那些名扬天下的诗人作比较，更不可能搬出盛唐的风韵来衡量晚唐的诗文。但是，读马戴的诗，依然能有一种荡气回肠的感觉。

马戴就是这样，即便写悲情，也悲的有气概。身处衰草连垣，心在锦绣河山，诗文大气，可与盛唐媲美。难怪《石洲诗话》对他有这样的评价："直可与盛唐诸贤侪伍，不当以晚唐论矣。"《瀛奎律髓刊误》也认为："晚唐诗人，马戴骨格最高。"此乃盛赞。

在晚唐，"白眼观天下，丹心报国家"的仁人志士已经不多了，马戴却突破重围站了起来。

"君子为猿鹤，小人为虫沙。"多少前人推崇马戴，是留恋他的才情，也是不舍他的气节，国人需要这根顶破时代枷锁的硬骨头。骨头硬了，国家才硬，繁荣的时代才坚不可摧。

如今，马戴的诗与他的人皆神华内敛，收鞘沉睡，安静地躺在古卷中。终有一日，开卷有益，将有人重读他的光彩。

诗人小传

马戴（799—869 年），字虞臣，定州曲阳人，晚唐诗人。早年屡试落第，困于场屋垂三十年，与贾岛、姚合为诗友，唱酬尤多。前人甚为推崇，如今关于马戴的历史记载颇少，严羽《沧浪诗话》说他在晚唐诸人之上，叶矫然称"晚唐之马戴，盛唐之摩诘也"。代表作有《灞上秋居》《落日怅望》《楚江怀古》等。

许浑：山雨欲来风满楼

咸阳城东楼

一上高城万里愁，蒹葭杨柳似汀洲。

溪云初起日沉阁，山雨欲来风满楼。

鸟下绿芜秦苑夕，蝉鸣黄叶汉宫秋。

行人莫问当年事，故国东来渭水流。

双重时空的怀古诗，在晚唐如潮涌般出现，抵达诗的另一座高峰。

"观古今于须臾，抚四海于一瞬"，在晚唐凋敝的挽歌声中，寻找残缺破旧的古迹。用深沉的目光审视，敲碎黄土，拂去尘埃，为其重新描画辉煌灿烂的肌理。论兴亡贤愚，叹古今史实，一诗成，便成了这"不容青史尽成灰"的怀古诗。

一首诗中，有双重时空，古中有今，今中有古，代表着彼此相生相依的羁绊。现实刻骨，往事作古，将物是人非的世界与诗人的心血糅合在一起，"寂然凝虑，思接千载；悄焉动容，视通万里"，怎能不令人心中一颤？

中国人看晚唐，像母亲看漂亮却残缺的孩子，诗人看时代的盛衰变迁，也是一样。

"怀古者，见古迹，思古人，其事无他，兴亡贤愚而已"，道的正是怀古痴心所浓缩的短暂与永恒，在明与暗之间，顿生明悟与旷达。

晚唐极具影响力的诗人许浑，"山雨欲来风满楼"，一句天下皆知。

他的怀古诗《咸阳城东楼》最出名。一个诗人能够因为一句诗被千百年后的人记在心中，是极为稀有的。

翻开《咸阳城东楼》，许浑站在时代的悬崖上，石青色的崖壁已覆着厚厚的灰暗历史。他登上高楼，如游行在宇宙包裹着的生命之舟，在远与近中、在新与旧里，看见咸阳老城昔日巍然壮阔的景象，敦厚，自然，仿佛始终如此。

一上高城万里愁，蒹葭杨柳似汀洲。

登临咸阳城高楼，数不清的愁思漫卷而来，荒凉的芦苇柳木占据平原，沧桑的灰绿色接至天际，风中，绒绒的荻花洁白如雪，它的生命像是流星，美丽而短暂，虚构了一幅江南水乡的风景画。

溪云初起日沉阁，山雨欲来风满楼。

磻溪的上空泛起云海，亦如小山堆叠，霞光披烁，落日西沉，夕阳的余晖与太阳一起沉向慈福寺，金黄色的脉纹笼罩整座寺庙，入目远眺，云日交辉，灼灼华彩，庄重又动人。

然而，山雨将至，狂风怒号，切断了万里的目光，剪断了千古的思绪。许浑清醒过来，眼前的风雨不合时宜地叫嚣着：你生处的这个时代，只是一个黯淡的、无法轰轰烈烈、无法伟大的时代。

鸟下绿芜秦苑夕，蝉鸣黄叶汉宫秋。

风急吹行舟，汀州的渔船收拢着回到岸边，雨从天的另一端迅速扑洒过来，鸟雀凌乱地飞向草丛，蝉虫躲进枯黄的枝叶间，四周除了萧条，仍是萧条。可曾经，这里是秦国的宫苑和汉朝的皇殿，盛极一时的"伊甸园"，变成了一个灰扑扑的咸阳旧址。

行人莫问当年事，故国东来渭水流。

往来的旅人无须追问当年发生了什么，秦汉兴亡已经过去了，自古以来每个朝代都是这样由盛转衰，循环往复，若要寻觅一些古今相同的痕迹，恐怕只有渭水与从前一样，生生不息地流淌着。

《咸阳城东楼》总共八句，前三句和后四句平平无奇，独有第四句一鸣惊人。

前三句写今朝登楼远眺的景色，较为寻常，后四句抒发吊古之情，与众多怀古诗相提并论，不算出彩。但中间"山雨欲来风满楼"一句，却笔锋一转，另辟新境，有一鸣惊人之势。转折流丽，一场山雨，使心理时空脱离了自然现实，获得了穿梭古今的能力，要么飞向历史，要么飞向未来。

许浑的这首诗被《五朝诗善鸣集》评为"最上乘"。《诗境浅说》也给出高赞："骤雨欲来，风先雨至之景，可谓绝妙好词。"

唐朝的很多诗人，都写过怀古诗。

李白写过："台倾鸂鹉观，宫没凤凰楼。"

杜牧写过："魏帝缝囊真戏剧，苻坚投棰更荒唐。"

韦庄写过："无情最是台城柳，依旧烟笼十里堤。"

可是，像许浑这样酣畅淋漓、神来之笔的古今切换，几乎没有。

世人赋予他与杜甫并肩的评价："许浑千首诗，杜甫一生愁。"又因为许浑一生都爱写"水""雨"之景，凉意透骨，更有了"许浑千首'湿'"的称号。

一个诗人爱写一种事物，多数和自身的遭遇有关。

许浑是唐朝宰相许圉师的六世孙，《唐才子传》记载"少苦学劳心，有清羸之疾，至是以伏枕免"。意思是说，他从小苦学诗书，劳心伤神，身体又不好，清瘦羸弱，患有疾病，需要枕卧才能缓解。故此，许浑可能是一个"弱不禁风"的病秧子。

对体质强健的人来说，也许只有深冬的寒冷料峭，才算得上是身体受到的一种伤害。但对病秧子来说，一场短暂的凄风冷雨，足以使他们旧疾复发，疼痛难忍。那种本质中的羸弱和柔情，被无情的雨水敲打着，伤及身心，一字一句便再也洗不掉这薄如蝉翼的湿寒之气了。

大和六年，许浑考中进士。开成元年，他进入幕府任职，没过多久，因病辞官。大中年间，他又任监察御史，好景不长，又因病离开。

病痛的折磨，一次次促使许浑黯然退场，等到再次复出的时候，青春远去，他几近老年。

晚年的某个秋天，他写下一份忧愁："高歌一曲掩明镜，昨日少年今白头。"看着镜子中垂垂老矣的自己，想到永远无法实现的报国之情，心中便下起一场雨。

无声着，氤氲着，浑身都浸泡在无形的阴雨湿气中。既无法解脱，也无法习惯，只能劝自己："古来万事东流水"。

他送别朋友："日暮酒醒人已远，满天风雨下西楼"；来到姑苏，写下："吴岫雨来虚槛冷，楚江风急远帆多"；寄诗予友人："聚散有期云北去，浮沈无计水东流"。

许浑的一生，仍是丰满的一生。老了，他在京口的丁卯涧住下，养花钓鱼，整理诗集，笔意流畅出的意象依然伴着雨水，像细雨中的燕子，锻造出一片清澈的雨季。

此外，还有一个关于许浑的传说。

相传许浑白天睡觉的时候，梦见自己登上了一座山峰，山巅有凌空架起的琼楼玉宫，烟雾缭绕，一如仙境。他不知身在何处，寻问一人，那人告诉他："这里是昆仑墟，神仙住的地方。"

不一会儿，远处正在饮酒摆宴，宴席中的宾客朝他挥手，招呼许浑一同做客，他便茫然地跟过去了。座上，一美人出笺求诗，但不等许浑作出诗来，这场梦便醒了。醒后，许浑仍将诗作了出来："晓入瑶台露气清，座中唯有许飞琼。尘心未尽俗缘在，十里下山空月明。"

第二日，许浑又梦见昆仑墟的酒宴，座中一位仙人问他："你为何要将我的姓名显露给人间？"许浑一惊，当即将"座中唯有许飞琼"改成了"天风吹下步虚声"。后来，许浑将此事说给人听，大家都不太相信，没过多久，他便驾鹤西去了。

这首诗中，罕见的没有提到雨水。

兴许，在许浑心中，昆仑墟是一个没有雨水和病痛的好地方，是自己梦寐以求的归宿。不禁令人联想起《红楼梦》中的林黛玉，一株仙草，报恩降世，还完毕生的眼泪便走了。许浑会不会是由人间的风雨幻化而成，惊诧而清凉地度过一生呢？

不忍英雄落魄。

在许浑的怀古足迹中，他把悲凉融入雨水，看似不起眼，却自得其道。

单论诗文，他未必算上乘诗人，但他拿捏住了旁人捉不住的风雨，任意揉搓成形，摆在诗词文章的各个角落，深深浅浅，沟沟壑壑，一滴水也有了魂魄，生了灵气，便独一无二了。因此，他放在任何诗人面前，都不遑多让。

"山雨欲来风满楼"，往后再读起这一句，不只有大厦将倾之感，也多了三分孤寂与清凉。往后再遇见下雨天，也容易想起千百年前的人和事，像与一位故人叙旧。

诗人小传

许浑（约791—约858年），字用晦（一作仲晦），晚唐诗人，润州丹阳人。后人将其与杜甫齐名，有"许浑千首诗，杜甫一生愁"的评价。曾迁家丁卯涧，外号"许丁卯"，代表作有《咸阳城东楼》。

皮日休：死于诗谜的大唐才子

天竺寺八月十五日夜桂子

玉颗珊珊下月轮，殿前拾得露华新。

至今不会天中事，应是嫦娥掷与人。

唐朝末年，日薄崦嵫，人命危浅。

战争一开始，地狱之门便开启了。《唐才子传》说："时值末年，虎狼放纵，百姓手足无措，上下所行，皆大乱之道。"寥寥几笔，血泪淋漓。

此时此刻，有一个叫皮日休的诗人站出来，投身黄巢起义。

皮日休出生在复州竟陵，就是现在的湖北天门。小时候，他家境贫寒，很早就离开家乡，去襄阳鹿门山隐居了。

在时代的疾风骤雨之下，日渐衰颓的国家无法提供安适的生存条件。早早经历漂泊的皮日休，只能一边苦读，一边靠自己解决何以为家的难题。

在荒唐混乱的岁月过后，他把青春燃烧殆尽。

年将三十，皮日休的目光越来越透彻。他察觉到，王朝只是一个粗暴蛮横的空壳，他看见蛆虫一点点掏空有限的资源，直到大厦将倾，都浑然不觉。他决定，写下真相。

隐居期间，皮日休笔耕不辍，写下了传世之作《隐书》六十篇，讥讽朝廷的昏庸可笑。

他说："古之杀人也怒，今之杀人也笑；古之用贤也为国，今之用贤也为家；古之酗也为酒，今之酗也为人；古之置吏也净以逐盗，今之置吏也将以为盗。"

古时候，杀人者是严肃而愤怒的，如今杀人者却如同笑面虎，杀的本意从一种惩罚变成了一种残害的手段；古时任用贤人是为了治理国之大家，如今都是为了私利的小家；古时沉迷的是酒，如今沉迷的是人；古时官吏追赶盗贼，如今官吏也将成为盗贼！

他说："一民之饥须粟以饱之，一民之寒须帛以暖之。未闻黄金能疗饥，白玉能免寒也。"

百姓饥饿的时候，吃米粟才能饱腹，寒冷的时候，穿棉衣才能暖和。珍贵的黄金能让人免除饥饿吗？无瑕的白玉能够驱寒吗？这些都是统治者喜爱的物件罢了，对百姓来说毫无用处。

皮日休知道，朝廷已经不能保护子民，反而让百姓恐惧和疲惫。他隐忍不下，决意参加科举考试，改变这一切。哪怕失败，亦无悔矣。

咸通七年，皮日休上京赶考，在当地待了十几天，名声便传扬开了。可惜，这一年的科考，他没有及第。

咸通八年，皮日休没有气馁，再次参加科举考试。这一次，他的名声被朝野内外知晓，连主考官也邀请他到府上做客。按照常理，在考试之前能够被主考官看中的人，一定能够一飞冲天。没想到，皮日休性情耿直，一句话就得罪了主考官。

那天，他被邀请到主考官府上。主考官一见到他，大惊："子之才学甚富，其如一目何？"意思是，你才高八斗学富五车，为什么只有一只眼睛呢？

皮日休的左眼眼皮耷拉着，从侧面看过去，就像少了一只眼睛似的，有点像"独眼龙"。

主考官的这番话刺痛了皮日休。他觉得，无论从何种角度，都不应该以相貌为衡量标准。生气之下，他反讽道："侍郎不可以一目而废二目。"意思是，你不能因为我一只眼睛，就让自己的两只眼睛都不好使呀！言下是在讽刺主考官没有辨别人才的能力。

敢这么挑衅主考官的，只有皮日休一人。

本来想给皮日休"打高分"的主考官，被他这么一闹也没了兴致，虽然最后还是给了他进士的名额，却是所有进士中的最后一名。

考中进士的皮日休意气风发，觉得改变国家命运的机会近在眼前。在天竺寺的中秋节，他写了一首诗抒发畅快心情：

玉颗珊珊下月轮，殿前拾得露华新。
至今不会天中事，应是嫦娥掷与人。

桂花瓣像玉珠一样，撒在月下的殿堂前，不知道天上发生了什么事情，这些美丽的花瓣也许是嫦娥掷向人间的。如此梦幻，天真无邪，他恬静幸福得像一个孩子，用一刻的快乐，弥补着时代亏欠他的童年。

八年后，乾符二年，黄巢起义打响。

这场唐末民变的主要原因，是朝廷腐朽，兵匪横行，百姓实在无法生存。与其坐以待毙，不如拼死一击，这才由黄巢统领了一批乡农村民，揭竿反抗。

黄巢起义军大肆出击，把中原以北当成了重要的战略目标。他们引兵北上，打击朝廷，抢粮掠财，进一步壮大自身实力。朝廷试图阻止，但是失败了。十万唐军血染湘江，压根拦不住这只"猛虎"横行天下。

此时此刻，皮日休只是一介小官，深入官场，如医者号脉，深知唐朝日薄西山，命不久矣。没过多久，他就加入了黄巢起义军。

皮日休拿出自己的魄力，站在了唐王朝的对立面——这是他唯一能看见的机会，也是他亲自选择的死路。

此去经年，成为叛党，再无安身立命的可能。但是，守着气数已尽的唐朝，皮日休的一腔热血根本无处施展，丑陋的容貌让他不堪重负，时代的痛苦始终纠缠着他，一切无异于作茧自缚。该做出一些改变了。按照古往今来的游戏规则，谁能打赢这一仗，谁就是下一个时代的先行者。

这人间破碎泥泞，他仍不放弃。栖息于汹涌浪涛之中，积蓄全部的力量，成败在此一举。

广明元年，黄巢率领的军队成功打入长安，黄巢自立为帝，皮日休也被封为翰林学士，美好前程，唾手可得。

在关键时刻，黄巢让皮日休为他写一篇谶词。

对于反叛者而言，谶词很重要。它是一种类似于预言，被认为即将验证的话。我们熟知的陈胜吴广起义，在夜晚的篝火堆旁边，模仿野狐狸叫"大楚兴，陈胜王"，这就属于谶词的一种，目的就是为了让谶词流传民间，让百姓相信他们才是"天子"。

按照黄巢的指令，皮日休很快就写出一首诗：

欲知圣人姓，田八二十一。

欲知圣人名，果头三屈律。

诗谜的答案，就是"黄"和"巢"两个字。

估计皮日休做梦都没想到，自己会死在这首诗上。

相传，黄巢看过这首诗后，火冒三丈。因为他长相难看，头发稀疏，脑袋形状奇丑，"果头三屈律"好像是讽刺他的句子。一怒之下，他居然把皮日休处死了。

这个传说，难辨真假，但《南部新书》《唐诗纪事》《唐才子传》均以此为"准结局"。

谁也没想到一篇普普通通的谶词，害死了皮日休。

痛惜之下，皮日休终究没有成为力挽狂澜的幸运角色。

现在，也只有极少数人听说过皮日休的名字。但他在晚唐的重量，却远不是轻如鸿毛的。

鲁迅说，皮日休的文章是"一塌糊涂的泥塘里的光彩和锋芒"。

这个评价很关键。站在更大的时空视角看过去，唐朝末年社会重新归于保守和分裂，四处都在变换面孔卷土重来，而皮日休一个人站起来，试图用锋利如刃的文章，用几乎颠覆式的现实语言切讥谬政，向众人诉说跨时代的"真相"。

他这一生，对抗了世间的不公和邪恶，为自己找回了必需的自尊，也成就了一段狼狈不堪但又热血奋勇的冒险。他对人类生存状况的思考也同样重要而影响深远，甚至在一定程度上为后人丰富了保持警醒的现实意义。

他让我们看到朝廷的堕落，时代的弊端，命运的无情。翻不了身的文人志士，被人踩在脚下轻贱摧垮的清官，得不到命运垂怜的百姓……最终，文章以砍刀破竹的痛快收尾，大唐的战争也逐渐收鞘，而唐王朝就这样成为历史。

在阅尽千帆，洗尽铅华后，他有资格说："该做的，我都做了。"

幸运的是，如今皮日休的诗文仍然陪伴在我们身边，一字一句，记录了他生命的点点滴滴，也成为历史文化艺术的一部分。

在这些遗留的珍贵诗篇里，我们可以读到一个时代的脆弱与坚毅、残酷与温暖。

我们读书、奋斗、明智，为了从古老文化中获得辨别真伪的智慧，为了拥有见微知著的心境，为了使活着不仅仅是"活着"。无关荣誉，无关称号，无惧流年的考验，更是为了在将来每一个需要表达爱的时刻，能够藏有圆润而浑厚的真情，庇佑和守护身边的人。

心中方寸，千里江山。唐不在，人在，一切就志在必得。

诗人小传

皮日休（约838—约883年），字袭美，一字逸少，道号鹿门子，又号间气布衣、醉吟先生，复州竟陵人，晚唐文学家、散文家、诗人，与陆龟蒙并称"皮陆"。诗文大多批判时弊，同情民间疾苦，代表作有《皮日休集》《皮子》《皮氏鹿门家钞》等。小品文被鲁迅誉为唐末"一塌糊涂的泥塘里的光彩和锋芒"。

出 品 人：许 永
出版统筹：海 云
责任编辑：许宗华
策划编辑：雷 彬
责任校对：雷存卿
封面设计：Amber Design
版式设计：万 雪
印制总监：蒋 波
发行总监：田峰峥

发　　行：北京创美汇品图书有限公司
发行热线：010-59799930
投稿信箱：cmsdbj@163.com

官方微博

微信公众号